JN268923

ラモーナとあたらしい家族

ベバリイ・クリアリー作

松岡享子訳

アラン・ティーグリーン絵

学研

RAMONA FOREVER

ラモーナとあたらしい家族

ベバリイ・クリアリー作
松岡享子訳
アラン・ティーグリーン絵

ラモーナとあたらしい家族《かぞく》

もくじ

RAMONA FOREVER
by Beverly Cleary
copyright© 1984 by Beverly Cleary
Interior illustrations by Alan Tiegreen
Published by arrangement with
Harper Collins Children's Books,
a division of Harper Collins Publishers,Inc.,New York
through Tuttle-Mori Agency,Inc.,Tokyo

表紙デザイン・山口はるみ

1 お金持《かねも》ちのおじさん

「ねぇ、ねぇ、知《し》ってる?」と、ラモーナはききました。
ある金曜日《きんようび》の晩《ばん》、ビアトリスおばさんが、新《あたら》しいスキーウェアを見《み》せにやってきて、そのまま晩《ばん》ごはんまでいっしょにいたときのことです。おとうさんも、おかあさんも、おねえさんのビーザス——ほんとうの名《な》まえはビアトリス——も、知《し》らん顔《かお》で食事《しょくじ》をつづけていました。地下室《ちかしつ》へ行《い》くドアの向《む》こうからは、ねこのピッキィピッキィが、

自分《じぶん》もいっしょにごはんが食《た》べたいよう、とニャーニャー鳴《な》いていました。

ビアトリスおばさんは、学校《がっこう》の先生《せんせい》で、三年生《ねんせい》を受《う》け持《も》っていたので、三年生《ねんせい》のめいに対《たい》してどうふるまうべきか心得《こころえ》ていました。

「なあに？」

おばさんは、フォークをおいて、ラモーナがどんなにびっくりするようなニュースを話《はな》してくれるのかしら、というふうに待《ま》ちかまえました。

ラモーナは、大《おお》きく息《いき》をすっていいました。

「ハーウィ・ケムプのとこに、お金持《かねも》ちのおじさんが来《く》るんだって。」

ビーおばさんをのぞいては、家族《かぞく》のだれも、ラモーナが思《おも》ったほど興味《きょうみ》をしめしませんでした。けれども、ラモーナは、とにかく話《はなし》をつづけました。友《とも》だちのハーウィのためにもうれしいニュースだったからです。

「ハーウィのおばあちゃん、すごくうれしそうだった。ハーウィも、ウィラジーンもよろこんでたよ。」

そして、ほんとうのことをいえば、ラモーナもうれしかったのです。ラモーナは、放課後《ほうかご》、ハーウィのうちへ行《い》くのがいやでした。ハーウィのおかあさんも、ラモーナのおかあさんも働《はたら》きにいっているので、その間《あいだ》、ハーウィのおばあちゃんが子《こ》どもたちのめんどうをみているのです。お金持《かねも》ちのおじさん——たとえそれがほかの人《ひと》のおじさんでも——が来《く》れば、ハーウィのうちですごすながい時間《じかん》が、少《すこ》しはおもしろくなるでしょう。

「ハーウィにお金持《かねも》ちのおじさんがいたなんて、知《し》らなかったわ」と、おかあさんがいいました。

「ハーウィのおとうさんの弟《おとうと》だって。弟《おとうと》といっても、もう大《おお》きいんだけど」と、ラモーナはいいました。

「だったら、それホバート・ケムプのことでしょ」と、ビアトリスおばさんがいいました。「高等学校《こうとうがっこう》のとき、いっしょのクラスだったわ。」

「ああ、そういえば思《おも》いだした。野球《やきゅう》やってた、金髪《きんぱつ》でカールした子《こ》でしょ」と、おかあさんがいいました。「女《おんな》の子《こ》たちがみんな、かわいいってさわいでた。」

いいながら、おかあさんは、二人《ふたり》のむすめにお皿《さら》をかたづけるよう、目《め》で合図《あいず》しました。

「そう、その子《こ》」と、ビーおばさんがいいました。「いつも甘草《かんぞう》をかんでは芝生《しばふ》の上《うえ》にペッペッってはいてたわ。プロ野球《やきゅう》の選手《せんしゅ》が、かみタバコをかんでるみたいだって校長先生《こうちょうせんせい》に思《おも》わせようとして。かれ、プロ野球《やきゅう》に入《はい》りたかったのよね。」

「その甘草《かんぞう》かみのおじさんは、どこから来《く》るんだい？　してまた、どうしてそんなに金持《かねも》ちになったんだい？」と、ラモーナのおとうさんが興味《きょうみ》をもちはじめてききました。「プロ選手《せんしゅ》になったの？」

「あのね、えーっと」といって、ラモーナは、まゆをしかめました。「どこから来《く》るんだか思《おも》いだせない。なんだか、おとぎ話《ばなし》みたいな名《な》まえで、ラクダがいるとこ。」

ナルニア？　ネバーネバーランド？　いや、ちがう。そんな名《な》まえじゃない。

「サウジアラビアよ」と、ビーザスがいいました。

ビーザスも、放課後《ほうかご》ケムプ家《け》へ行《い》っています。でも、中学生《ちゅうがくせい》なので、おそく行《い》ってもいいのです。

「そう、そこそこ！」ラモーナは、自分《じぶん》がさきに思《おも》いだせたらよかったのに、と思《おも》いました。

「ハーウィがいってたけど、うちの人《ひと》ぜーんぶにおみやげ持《も》ってくるんだって。」

ラモーナは、ビーザスが読《よ》んでくれた「アラビアン・ナイト」にでてくる、金貨《きんか》のつまったふくろのことを思《おも》いうかべました。もちろん、今《いま》は、だれも金《きん》のふくろを持《も》ち歩《ある》いたりしません。でも、想像《そうぞう》するのはたのしいことです。

「ハーウィのおじさんは、サウジアラビアで何《なに》してるんだい？」と、おとうさんがききました。「甘草《かんぞう》をかんで、砂《すな》の上《うえ》にはきだす以外《いがい》に。」

「おとうさん、ばかなこといわないで」と、ラモーナはいいました。「何《なに》してるかよく知《し》らないけど。」

今《いま》やみんなが自分《じぶん》に注目《ちゅうもく》してくれたので、ラモーナは、もっといろいろハーウィのおじさんについて知《し》っていればよかったのに、と思《おも》いました。「何《なに》か石油《せきゆ》に関係《かんけい》したことよ。ほるとか、機械《きかい》をつくるとか何《なに》かそういうの。ハーウィはよく知《し》ってるけど。それで、いっぱいお金《かね》もうけたの。」

クインビー家《け》は、お金《かね》のことを心配《しんぱい》しなければならない家族《かぞく》でした。

「ああ、そういうお金持《かねも》ちか」と、おとうさんはいいました。「おとうさんはまた、ながいこと行方不明《ゆくえふめい》だったおじさんが亡《な》くなって、遺産《いさん》で、召使《めしつか》いや、宝石《ほうせき》や、年代《ねんだい》もののワインつきで、お城《しろ》が一つころがりこんだっていう話《はなし》かと思《おも》った。」

「おとうさんたら、そんなの古《ふる》いよ。そんなのは本《ほん》の中《なか》だけにでてくる話《はなし》だよ」と、ラモーナがいいました。

会話《かいわ》は、ラモーナを置《お》き去《ざ》りにして、ほかの話題《わだい》へと流《なが》れていきました。今度《こんど》の六月《がつ》で教員免許《きょういんめんきょ》がとれるおとうさんは、近《ちか》くの学校《がっこう》に美術《びじゅつ》の先生《せんせい》がいらないかたずねているところだという話《はなし》をしました。また、冷凍倉庫《れいとうそうこ》でいっしょに働《はたら》いている同僚《どうりょう》の問題《もんだい》についても話《はな》しました。おとうさんは、週末《しゅうまつ》には、その0度以下《れいどいか》の倉庫《そうこ》で働《はたら》いているのです。おかあさんは、自分《じぶん》が働《はたら》いている診療所《しんりょうじょ》で、駐車場《ちゅうしゃじょう》のとりあいでけんかをした人《ひと》の話《はなし》をしました。ビーおばさんは、スキーにさそってくれたマイケルという人《ひと》の話《はなし》をしました。そのために新《あたら》しいスキーウェアを買《か》ったのです。ビーザスは、そのマイケルが、ビーおばさんに結婚《けっこん》を申《もう》しこむのかしら、と思《おも》っていることを口《くち》にだしてききました。ビーおばさんは、それにはわらって、まだ知《し》りあってから二週間《しゅうかん》にしかならないんだもの、わからないわ。でも、今《いま》は一月《がつ》で、スキーシーズンはあと数《すう》か月《げつ》はあるから、その間《あいだ》に何《なに》がおこるかはわからないけれど、といいました。

ハーウィのおじさんについては、その晩《ばん》は、それ以上話《いじょうはなし》はでませんでした。

それから、何日《なんにち》もたちました。ホバートおじさんは、待《ま》っても、待《ま》ってもあらわれませんでした。おとうさんは、毎晩《まいばん》、「お金持《かねも》ちさんは、金《きん》のふくろを持《も》ってきたかい？」とききしたが、ラモーナは、まだこたえなければなりませんでした。

とうとうある朝《あさ》、二人《ふたり》でスクールバスを待《ま》っているとき、ラモーナは、ハーウィにいいました。

「あんたんとこ、お金持《かねも》ちのおじさんなんかいないんでしょ。全部《ぜんぶ》つくり話《ばなし》なんでしょ。」

ハーウィは、そんなことはない、といいました。その日《ひ》の放課後《ほうかご》、ラモーナがハーウィのうちに行《い》くと、ウィラジーンまでが、ホバートおじさんの持《も》ってくるプレゼントのことを話《はな》していました。ラモーナは、ハーウィとウィラジーンに、ほかの人《ひと》のお金《かね》のことを話《はな》すのはあんまりいいことじゃないとおかあさんがいっていた、とはっきりいってやりました。でも、二人《ふたり》は、そんなことはぜんぜん気《き》にしていないようでした。なんといっても、それは二人《ふたり》のおじさんのことで、ラモーナのおじさんではなかったからです。二人《ふたり》は、ホバートおじさんがこうだ、ホバートおじさんがああだ、と話《はな》しつづけました。ホバートおじさんはもうニューヨークに着《つ》いていて、ちゃんと電《でん》話《わ》してきたのです、生《い》きている本人《ほんにん》から。おじさんは、大陸《たいりく》を車《くるま》で横断《おうだん》しているところで、とちゅう、ロッキー山脈《さんみゃく》のところで嵐《あらし》にあっておくれたとか。ラモーナは、ホバートおじさんのことなど、はじめから聞《き》かなければよかった、と思《おも》いました。

そして、ある日《ひ》のこと、学校《がっこう》から帰《かえ》ってくると、ハーウィの家《いえ》の前《まえ》に、どろのついたバンがとまっていました。

「あっ、ホバートおじさんだ!」ハーウィは、そうさけぶと、走《はし》りだしました。

ラモーナは、ゆっくりついていきました。どうしてだか知《し》らないけれど、ラモーナは、ホバートおじさんが大型《おおがた》の黒《くろ》いリムジンでやってくるような気《き》がしていました——

——どろまみれのバンなんかでなく。

ラモーナは、ハーウィのあとからうちに入《はい》りました。かの有名《ゆうめい》なおじさんはそんなに年《とし》とった人《ひと》ではないことがわかりました。おじさんは、もう何日《なんにち》もひげをそっていないらしくて、着《き》ているものはくたびれたT《ティー》シャツにジーンズでした。おじさんは、ウィラジーンをひざにのせていました。家《いえ》じゅうに、アップルパイの、あまいあたたかいにおいがただよっていました。

おじさんは、「さ、お人形《にんぎょう》ちゃんは行《い》った、行《い》った」といいながら、ウィラジーンをだきあげて、床《ゆか》におろしました。そして、ハーウィを両手《りょうて》でぎゅうっとだきしめながら、「ぼくの大《だい》すきなおいっ子《こ》くんは元気《げんき》かい?」と、ききました。それから、腕《うで》をほどいて、ハーウィの顔《かお》をよく見《み》ました。そのそばで、おばあちゃんはあっちへ行《い》ったり、こっちへ行《い》ったりし、ウィラジーンはおじさんのひざにだきつきました。

ラモーナは、気《き》づまりでした。自分《じぶん》は、家族《かぞく》ではないので、みんなのじゃまになっ

ているような気《き》がしたからです。いすにすわって、本《ほん》を開《ひら》きましたが、読《よ》みませんでした。ラモーナは、ホバートおじさんを観察《かんさつ》しました。どう見《み》てもお金持《かねも》ちには見《み》えません。ただの、ふつうの人《ひと》のようです――がっかりでした。

ウィラジーンは、だ

きついていたおじさんのひざからはなれて、「見《み》て、おじさんのおみやげ」といって、どちらにも赤《あか》い皮《かわ》のクッションのついた、二つの小《ちい》さな木《こ》びき台《だい》のようなものを指《ゆび》さしました。ウィラジーンは、そのうちの一つにまたがり、「ラクダさん、はいどうどう。これ、あたしのラクダのくらだよ」と、いいました。

「えっ、ラクダのくら！」ハーウィは、おみやげを見《み》てさけびました。そして、ウィラジーンと同《おな》じようにくらにまたがりました。けれども、二、三度《ど》はいどうどうとやると、あとはもう、ただすわっているしかありませんでした。

ふん、だれがたいくつなラクダのくらなんてほしいもんですか、とラモーナはいってやりたい気《き》がしました。でも、同時《どうじ》に、あのくらがあったら、冬《ふゆ》、暖房《だんぼう》の吹《ふ》き出《だ》し口《ぐち》のそばにおいて、その上《うえ》にすわって本《ほん》が読《よ》めるのに、とも思《おも》いました。

最後《さいご》に、ホバートおじさんは、ラモーナに気《き》がつきました。

「おや、このおじょうさんはどなた？」と、おじさんはいいました。「ハーウィ、おまえ、ガールフレンドがいるなんていってなかったじゃないか。」

ラモーナも、ハーウィも、まっかになり、なんだかはずかしくなりました。

「ちぇっ、これはただのラモーナだよ」と、ハーウィは、口《くち》の中《なか》でブツブツいいました。

ラモーナがぎょっとしたことに、ホバートおじさんは、これを聞《き》くと、ギターをつまびくふりをしながら、うたいだしました。

ラモーナ、教会《きょうかい》の鐘《かね》が鳴《な》っている
ラモーナ、あれはぼくたちの愛《あい》をうたってるんだ
ぼくは君《きみ》をだきしめ、君《きみ》をやさしくなで
君《きみ》がぼくに愛《あい》を教《おし》えてくれた日《ひ》を賛美《さんび》する

この瞬間《しゅんかん》、ラモーナは、ホバートおじさんが大《だい》きらいだ、これからもぜったいにすきにならない、と思《おも》いました。ラモーナは、まえにもこの歌《うた》を聞《き》いたことがあります。おかあさんのおとうさんのデイおじいちゃんが、ポートランドに住《す》んでいたとき、よくラモーナをからかうために、この歌《うた》をうたっていました。

「あたし、ハーウィのガールフレンドじゃありません」ラモーナは、できるだけおとなの人《ひと》のようないい方《かた》でいいました。「あたしは、おかあさんのお仕事《しごと》が終《お》わるまで、ここにいなければいけないんです。これは、」――といいかけて、ラモーナはうまくことばにできるかどうかまよいました――「純粋《じゅんすい》にビジネス上《じょう》の取《と》り決《き》めです。」

ホバートおじさんは、そのいい方《かた》をとてもおもしろいと思《おも》ったようでした。ラモーナは、そのことで、ますますおじさんがきらいになりました。

「やめろよ、ホバートおじさん」と、ハーウィがいいました。ラモーナは、ハーウィがそういってくれたのをうれしく思《おも》いました。ラモーナは、本《ほん》を読《よ》んでいるふりをしていましたが、心《こころ》の中《なか》は怒《いか》りでにえくりかえっていました。自分《じぶん》にホバートおじさんのようなおじさんがいなくてよかった、と思《おも》いました。おじさんが一人《ひとり》もいなくてほんとによかった。いるのはビアトリスおばさんだけで、おばさんはけっして子《こ》どもをこまらせるようなことはしません。おばさんは、うちで助《たす》けがいるときにかならず来《き》てくれます。

「もうほかにおみやげないの？」と、ウィラジーンがききました。

「ウィラジーン、そんないい方《かた》失礼《しつれい》ですよ」と、おばあちゃんがたしなめました。おばあちゃんの顔《かお》は、末《すえ》むすこがとうとう、うちに帰《かえ》ってきたうれしさでいっぱいでした。

「どうしてわかったんだい、ウィラジーン？」と、ホバートおじさんはいいました。

「車《くるま》のところへおいで、見《み》せてあげるよ。」

「ぼくも？」ハーウィは、さっきむっとしたことなどすぐわすれていいました。

「もちろんさ」といって、ホバートおじさんは、玄関《げんかん》のほうへ行《い》きました。「緑《みどり》の草《くさ》や木《き》でいっぱいの国《くに》にもどってこられて最高《さいこう》だなあ。」

ハーウィが、「草《くさ》のないところじゃ、ラクダは何《なに》を食《た》べるの？」ときいているのがラモーナの耳《みみ》に入《はい》りました。

ハーウィとおじさんがうちにもどってきたとき、ラモーナは本《ほん》を読《よ》みつづけることができなくなって目《め》をあげました。ホバートおじさんは、アコーディオンを手《て》にしていました。

「おばあちゃん、ほら、見《み》て！」ハーウィは、何《なに》か自転車《じてんしゃ》の部品《ぶひん》のようなものを回《まわ》しながら、入《はい》ってきました。「ほんものの一輪車《いちりんしゃ》だよ。」

「それ、こわれてんの？」と、ウィラジーンがききました。「車《くるま》が一つしかついてないよ。」

「ホバート、おまえいったい何考《なにかんが》えてるの？」おばあちゃんは、一輪車《いちりんしゃ》を見《み》て、顔《かお》をしかめながらいいました。

「ぼくがハーウィくらいの年《とし》だったとき、おかあさんが一輪車《いちりんしゃ》を買《か》ってくれなかったことを考《かんが》えてたんだ」と、ホバートおじさんはいいました。「いい、おかあさん、何《なに》も心配《しんぱい》することはないんだよ。ぼくが乗《の》り方《かた》を教《おし》えるから。骨《ほね》は一本《ぽん》もおらせないから。」

おじさんは、アコーディオンを床《ゆか》において、ウィラジーンに「そして、これは君《きみ》のだよ」と、いいました。

ウィラジーンは、アコーディオンをじっと見《み》ていいました。「これ、何《なに》するもの？」

「音楽《おんがく》を演奏《えんそう》するのさ」と、おじさんはいいました。「ウィーン製《せい》のアコーディオンだよ。いっしょに働《はたら》いていた男《おとこ》から買《か》ったんだ。おじさんも、少《すこ》しひき方《かた》おぼえたんだよ。」

「まあ、すてきじゃない、ウィラジーン」と、おばあちゃんはいいました。「おまえ用《よう》の楽器《がっき》だって。大《おお》きくなって、ひき方《かた》を習《なら》うまでしまっておきましょうね。」

「いやだ！」ウィラジーンは、いつもの、いうことをきかないときの顔《かお》をしていいました。「今《いま》、ひくの！」

ホバートおじさんは、アコーディオンをとりあげて、ひきながらうたいはじめました。

ラモーナ、教会《きょうかい》の鐘《かね》が鳴《な》っている
ラモーナ、あれはぼくたちの愛《あい》をうたってるんだ

ラモーナは、本《ほん》の上《うえ》に目《め》をもどしました。そして、ホバートおじさんについて、思《おも》いっきりいじわるで、いけないことを考《かんが》えました。すると、おじさんは、急《きゅう》にひくのをやめて、「どうしたんだい、ラモーナ？　ぼくの歌《うた》がすきじゃないの？」と、きき

ました。

「きらいです」ラモーナは、おじさんの目《め》を正面《しょうめん》からじっと見《み》ていいました。「おじさんは、あたしのこと、からかっています。あたし、子《こ》どもをからかうおとなはきらいです。」

「まあ、ラモーナ！」おばあちゃんは、とんでもないことをいう子《こ》だというふうにさけびました。「ハーウィのおじさんに、そんな口《くち》のきき方《かた》をするもんじゃないわ。」

「いいから、おかあさん、そんなにいきりたつなよ」と、ホバートおじさんはいいました。「ラモーナのいったことは、ほんとうだ。ぼくは、からかってた。これからは、あらためます。これでいいかい、ラモーナ？」

「いいです」と、ラモーナはこたえました、まだからかっているのかもしれないとうたがいながら。

「ホバートおじさん、ホバートおじさん、あたしにひかせて」と、ウィラジーンがせがみました。

おじさんは、ウィラジーンの手《て》を、アコーディオンの両《りょう》はしにあるストラップに通《とお》して、「こうやってボタンをおしながら、のばしたりちぢめたりするんだよ」と、いいました。

おじさんがそれ以上説明《いじょうせつめい》しようとするよりさきに、ハーウィがおじさんの手《て》をつかんで、外《そと》へ行《い》こうとひっぱりました。骨《ほね》がおれるにちがいないと思《おも》いこんでいるおばあちゃんは、二人《ふたり》についていきました。ラモーナは、窓《まど》ごしに三人《にん》を見《み》ていました。ホバートおじさんは、一輪車《いちりんしゃ》にポンと乗《の》ると、見物《けんぶつ》している二人《ふたり》に手《て》をふりながら、一輪車《いちりんしゃ》をこいで、道《みち》の角《かど》まで行《い》って、またもどってきました。

「な、かんたんだろ?」と、おじさんはいいました。「こつをのみこんでしまえばね。」

「ホバート、おまえいったいどこでそんなものに乗《の》ることおぼえたの?」と、おばあちゃんが玄関《げんかん》の段《だん》だんからききました。

「大学《だいがく》のとき」と、おばあちゃんのむすこは、こたえました。「さあ、おいで、ハーウィ。君《きみ》の番《ばん》だよ。」

おじさんは、片手《かたて》で一輪車《いちりんしゃ》をおさえ、もう片方《かたほう》で、ハーウィが乗《の》るのを助《たす》けました。

「さ、ペダルをふんでごらん。」

ハーウィは、ペダルをふみました。とたんに、一輪車《いちりんしゃ》は前《まえ》へつんのめって、ハーウィは歩道《ほどう》に投《な》げだされました。

へやの中《なか》では、ウィラジーンが、重《おも》すぎるアコーディオンと格闘《かくとう》していました。アコーディオンは、まるでいたい、いたい、といっているような、うめき声《ごえ》のような、大《おお》きな音《おと》をたてていました。

「ちがう。そうじゃなくて」というホバートおじさんの声《こえ》が聞《き》こえました。「自転車《じてんしゃ》に乗《の》るのと同《おな》じなんだよ。ただ、横《よこ》だけじゃなく、前後《ぜんご》のバランスも同時《どうじ》にとらなくちゃならないんだよ。」

顔《かお》をまっかにし、乗《の》れるようになるぞと決心《けっしん》した顔《かお》つきで、ハーウィは、もう一度《ど》一輪車《いちりんしゃ》に乗《の》りました。もし、ハーウィが一輪車《いちりんしゃ》を乗《の》りこなせるようになったら、わたしに自転《じてん》車《しゃ》をかしてくれるかもしれない、とラモーナは思《おも》いました。ラモーナは、自転車《じてんしゃ》がほしくてたまらなかったのです。中古《ちゅうこ》で、三段《だん》きりかえのでも。

ハーウィが、後《うし》ろへひっくりかえりそうになったのを、おじさんの両《りょう》手《て》がだきとめました。アコーディオンは、キイキイと音《おと》をたてました。ラモーナは、自分《じぶん》がのけ者《もの》で、みんなのじゃまになっているようで、さびしい気《き》がしました。

一輪車《いちりんしゃ》の乗《の》り方《かた》を習《なら》うのは、そうとう時間《じかん》がかかりそうだと思《おも》ったので、ラモーナは、ウィラジーンとアコーディオンのほうに注意《ちゅうい》を向《む》けました。

ウィラジーンは、おくりものを床《ゆか》においたまま、ふくれっつらをしてラクダのくらにすわりました。そして、「大《おお》きすぎて、鳴《な》らないんだもん」と、いいました。

「わたしにやらせてみて」と、ラモーナはいいました。自分《じぶん》ならなんとかひけそうだと思《おも》いました。とてもやさしそうに見《み》えたからです。ラモーナは、ストラップに手《て》を通《とお》しました。残念《ざんねん》なことに、思《おも》いつくのは「ラモーナ」の曲《きょく》だけでした。ラモーナは、ボタンをおし、空気《くうき》を入《い》れました。でも、でてきたのは苦《くる》しそうなさけび声《ごえ》だけでした。そこで、べつのボタンをおし、アコーディオンをひっぱったり、おしたりしました。ヒーホー、ヒーホー。ラモーナが考《かんが》えていたのは、こんな音《おと》ではありません。

「ホバートおじさん、もっと時間《じかん》があるとき、どうやるか教《おし》えてくれるわ。」

ラモーナは、ウィラジーンにそういって、アコーディオンをそうっとハーウィのラクダのくらの上《うえ》にのせました。

表《おもて》では、おばあちゃんの「ホバート！　ハーウィ！　気《き》をつけて！」というさけび声《ごえ》が聞《き》こえていました。

ラモーナとウィラジーンは、窓《まど》のところに立《た》って、ハーウィがおじさんに助《たす》けてもらいながら、一メートルほど走《はし》って、前《まえ》のめりに歩道《ほどう》に乗《の》りあげるのを見《み》ました。

「やったあ！」と、ハーウィはさけびました。

ハーウィは一輪車《いちりんしゃ》に乗《の》れるようになる。そしたら、あたし、自転車《じてんしゃ》かしてもらえる、とラモーナは思《おも》いました。

ウィラジーンは、アコーディオンのところにもどりました。くらにのせて休《やす》ませておいたら、うまく音《おと》がでると思《おも》ったようでしたが、どっこい、そうはいきませんでした。アコーディオンは、まえと同《おな》じようにキイキイさけんだり、ウーウーうなったりしました。

「わかった、こうやったら鳴《な》るんだ」と、ウィラジーンはいいました。

その声《こえ》にラモーナがふりむくと、ウィラジーンは、アコーディオンの一方《いっぽう》のはしを床《ゆか》において、片方《かたほう》の足《あし》でストラップをおさえ、もう片方《かたほう》のはしを両手《りょうて》で持《も》って、のばせるだけのばそうとしているところでした。そして、ラモーナが、ウィラジーンが何《なに》をしようとしているかがわかって止《と》めに走《はし》るまえに、ストラップから足《あし》をぬいて、くるっと向《む》きをかえ、ぎりぎりにのばしたアコーディオンの上《うえ》にすわりました、床《ゆか》から足《あし》をはなして。ウィラジーンがしずんでいくにつれ、アコーディオンは、まるで断末《だんまつ》魔《ま》のようなヒィーという長《なが》い音《おと》を発《はっ》しました。その空気《くうき》を裂《さ》くようなおそろしい音《おと》は、ラモーナの耳《みみ》をジンジンさせました。

「ウィラジーン！」と、ラモーナはさけびました。ギョッとするのと、うれしいのと両方《りょうほう》でした。ウィラジーンは、とくい満面《まんめん》でとびはねていました。ラモーナが見《み》るかぎり、アコーディオンは二度《ど》とふくらまないだろうとわかりました。蛇腹《じゃばら》が裂《さ》けていましたから、もう永久《えいきゅう》に音《おと》はでないでしょう。

「ウィラジーンたら、こわしちゃった」と、ラモーナはいいました。自分《じぶん》がウィラジーンの年《とし》だったら同《おな》じことをしたかもしれないと思《おも》いながら。

「いいもーん」と、ウィラジーンはいいました。「大《おお》きな音《おと》がでたもん。だから、もういらないもん。」

おばあちゃんが、何事《なにごと》がおきたのかと、とびこんできました。

「まあ、あんたたち！」おばあちゃんは、ホバートおじさんのおみやげがどんなありさまになったかを見《み》てとると、さけびました。

「でも、わたしがしたんじゃありません」と、ラモーナはいいました。「わたしの責任《せきにん》じゃありません。」

「高《たか》い楽器《がっき》をこわしてしまって」と、おばあちゃんはいいました。「ラモーナ、あなたはおねえさんでしょ。ウィラジーンがこんなことをするのを止《と》めなきゃだめじゃないの。」

おばあちゃんは、まごに向《む》かっていいました。

「はずかしいと思《おも》わないの？」

「思《おも》わない」と、ウィラジーンはいいました。「音《おと》がでなくてつまんないんだもん。」

「ウィラジーン、おへやへ行《い》ってなさい」と、おばあちゃんはいいました。ふだんなら、おばあちゃんは、ウィラジーンのいったりしたりすることは、全部《ぜんぶ》かわいいとか、すてきだとか、感心《かんしん》だとかいうのでしたが。

「せっかくおじさんが帰《かえ》ってきたのを、こんなふうに台《だい》なしにするなんて。おばあちゃんは、おまえのことをはずかしいと思《おも》いますよ。」

ウィラジーンは、ぷぅーっとふくれながら、いわれたとおりにしました。

おばあちゃんは、ラモーナのほうに向《む》きなおりました。

「あなたにはね、おじょうさん、おかあさんがおむかえにいらっしゃるまで、そこのいすにすわっていてもらいましょう。」

ラモーナは、いすにすわりました。胸《むね》の中《なか》は、ことの不公平《ふこうへい》さに対《たい》する腹立《はらだ》ちでにえくりかえっていました。どうして、自分《じぶん》がウィラジーンのめんどうをみなくてはいけないのでしょう。おかあさんは、ケムプさんのおばあちゃんにわたしのめんどうをみてもらうためにお金《かね》をはらっているのです。それに、ホバートおじさんは、大《おお》ばかです。小《ちい》さな女《おんな》の子《こ》に、もっと大《おお》きくなってからでなければ使《つか》えないものをあげるなんて。とはいえ、おとなが、よくばかみたいなプレゼントをくれるものだとは、ラモーナも知《し》っていました。大《おお》きくなったら読《よ》めるようになるからといって本《ほん》をもらったこともあります。でも、大《おお》きくなったときは、それまでそのへんに、その本《ほん》がながいことあったので、もうおもしろそうには見《み》えなくなってしまいます。でも、アコーディオン——大《おお》きくなって、アコーディオンがひけるようになるまで待《ま》たなければならないとしたら、それこそ一生《いっしょう》かかってしまうでしょう。

表《おもて》では、ほかの子《こ》たちが、ハーウィが一輪車《いちりんしゃ》の練習《れんしゅう》をするのを見《み》にやってきていました。さけび声《ごえ》や、わらい声《ごえ》がしていました。ときには、わーっという歓声《かんせい》があがっていました。不公平《ふこうへい》だ、とラモーナは思《おも》いました。おとなは、よく人生《じんせい》は公平《こうへい》じゃないといいますが、人生《じんせい》が公平《こうへい》じゃないことがそもそも不公平《ふこうへい》です。

ラモーナは、おばあちゃんが、サウジアラビアからきた、新《あたら》しい真鍮《しんちゅう》のおぼんとコーヒーポットを、だいじそうにみがいているのをながめました。ピンピンピンと、台所《だいどころ》でオーブンのタイマーの音《おと》がしました。ハーウィが泣《な》きながら、とびこんできました。片方《かたほう》のジーンズのひざが血《ち》だらけでした。ホバートおじさんが、そのあとから一輪車《いちりんしゃ》を持《も》って入《はい》ってきました。この午後《ごご》は、不公平《ふこうへい》だったかもしれませんが、かといって、たいくつではありませんでした。

「あら、まあ、たいへん」と、おばあちゃんはいいました。「こうなると思《おも》ってましたよ。あのへんちくりんな器械《きかい》でいずれけがをするってね。」

ウィラジーンが、へやでうたっている声《こえ》が聞《き》こえてきました。

このじいさん　ばかじいさん

ニッカナッカパデイワック
ワンちゃんに　でんわ
じいさん、ころころ　うちまでもどった

ラモーナは、ニヤッとしました。ウィラジーンは、歌《うた》の文句《もんく》を正《ただ》しくいえたためしがないのです。

ピンピンピン。オーブンのタイマーが、また鳴《な》りました。

「ホバート、オーブン止《と》めて、パイをだしてちょうだい。わたしは、ハーウィのけがの手《て》あてしてるから」と、ハーウィのけがを心配《しんぱい》したおばあちゃんがいいました。

ウィラジーンがそうっと居間《いま》へ入《はい》ってきて、ラクダのくらを持《も》って、またそうっとでていきました。にがにがしい思《おも》いはあるものの、ラモーナは、これらすべてのできごとがとてもおもしろい、と思《おも》いました。テレビよりおもしろい。というのは、これが全部《ぜんぶ》、実況《じっきょう》だからです。

ハーウィが、片方《かたほう》のジーンズをひざまでまくりあげ、ひざにほうたいをして居間《いま》にもどってきました。そして、長《なが》いすにすわりこみました。自分《じぶん》のことをかわいそうだと思《おも》っているようでした。ラモーナも、ハーウィのことをかわいそうに思《おも》いました。

「ンムー」と、ホバートおじさんは息《いき》をすいこみました。「おかあさんのアップルパイのにおい。ぼくが海外《かいがい》で毎晩《まいばん》夢《ゆめ》にみていたにおいだ。」

そういって、ホバートおじさんは、大《おお》きな音《おと》をたてて、おばあちゃんにキスしました。

「おかあさんは、だまされませんよ」と、おばあちゃんは、うれしそうにいいました。「毎晩《まいばん》、わたしのアップルパイの夢《ゆめ》をみてたなんて。そんなこと、おかあさんが信《しん》じると思《おも》ってるの。おかあさん、おまえのことは、もっとよく知《し》っていますよ。」

ホバートおじさんは、ラモーナがいすにとじこめられているのに気《き》がつきました。

「ハーウィのガールフレンドはどうしちゃったんだい？」と、おじさんはききました。もちろん、ラモーナは、ちゃんとふるまわない人《ひと》に返事《へんじ》なんかしませんでした。心《こころ》を入《い》れかえて、からかわないと約束《やくそく》したばかりなのに。

「ホバート、おまえどう思《おも》う？　小《ちい》さい子《こ》がアコーディオンをこわすのを、だまって見《み》ているような大《おお》きい子《こ》のこと」と、おばあちゃんはききました。

ラモーナには、おばあちゃんが、ほんとうにおじさんの答《こた》えを知《し》りたいと思《おも》っているわけではないことがわかっていました。ただ、ラモーナにはじをかかせたいだけなのです。

そのとき、ラモーナの心《こころ》に、一つの新《あたら》しい考《かんが》えがうかび、急《きゅう》に不安《ふあん》になりました。ケムプさんのおばあちゃんは、わたしをきらいなんじゃないだろうか。今《いま》のいままで、ラモーナは、おとなというものはだれでもみんな子《こ》どもをすきになるものだと思《おも》っていました。そりゃ、おたがいに誤解《ごかい》することはあります。それは、もうこれまでにわかっていたことです。先生《せんせい》だって、何人《なんにん》も自分《じぶん》のことを誤解《ごかい》したことがあったし、おとなと子《こ》どもの意見《いけん》が一致《いっち》しないことはよくあることです。でも、いつもなんとか解決《かいけつ》しました。けれどもおとながほんとうに子《こ》どもをきらって、子《こ》どもにはじをかかせるなんて、それはどう考《かんが》えてもわるい、とてもわるいことだ、とラモーナは思《おも》いました。早《はや》くビーザスが来《き》てくれればいいのに、そして、味方《みかた》になってくれればいいのに。でも、ビーザスは、このごろ、あれやこれやいくつも口実《こうじつ》をつけて、ケムプさんのうちに来《く》るのがおそいのです。

ホバートおじさんは、どうやらおかあさんの質問《しつもん》にこたえなければならないと思《おも》ったようでした。

「ぼくがラモーナをどう思《おも》うかって？　ラモーナは、ハーウィのガールフレンドで、とってもいい子《こ》だとぼくは思《おも》うよ。そう思《おも》わないかい、ハーウィ？」

「ちぇっ、よせよう、ホバートおじさん」ハーウィは、顔《かお》をしかめて、じゅうたんに

目《め》をやりました。

上《じょう》でき、上《じょう》できよ、ハーウィ、とラモーナは思《おも》いました。あんたは、わたしの味方《みかた》ね。

「ハーウィ！」と、おばあちゃんが大声《おおごえ》をあげました。「おじさんにそんな口《くち》のきき方《かた》ってありますか。」

「知《し》らねぇよ。ひざがいたいんだもん」と、ハーウィがいいました。

「まったく、きょうは、子《こ》ども

たちの頭《あたま》ん中《なか》がどうなってしまったんだか、さっぱりわからないわ。」

ケムプさんのおばあちゃんは、ほとほと頭《あたま》にきているようでした。

ラモーナは、おばあちゃんに、ひとこといってやりたい気《き》がしました。まったく、おとなときたら、と。でも、そうはいわず、かわりに本《ほん》に目《め》をすえて考《かんが》えました。

あたし、もう二度《ど》とここへ来《き》たくない。ぜったい、ぜったい、ぜったいに。だれがなんといおうと、どうなろうとかまわない。自分《じぶん》をきらっている人《ひと》にめんどうをみてもらうのはいやだ。

「かわいそうに、ママ」と、ホバートおじさんはいいました。「ママのアップルパイを一切《ひとき》れ食《た》べたら？」

かわいそうなあたしたち。ラモーナは、ハーウィと、ウィラジーンもかわいそうな人《ひと》のうちに入《い》れました。なぜなら、自分《じぶん》も、いつか、一度《ど》でいいからアコーディオンの上《うえ》にすわってみたい、と思《おも》ったからです。もし、その機会《きかい》があっても、けっしてそんなことはしないとわかっていましたが。自分《じぶん》は、ウィラジーンがするようなことをする時期《じき》はすぎたのです。あんなふうにできる間《あいだ》は、おもしろかったけれど。ラモーナは、今《いま》のウィラジーンと同《おな》い年《どし》ぐらいだったときに、車庫《しゃこ》のかべに、おとうさんの手回《てまわ》しドリルで穴《あな》をあけて見《み》つかった、たのしい午後《ごご》のことを思《おも》いだして、にっこりしました。

2 ラモーナの問題《もんだい》

アコーディオン事件《じけん》があった日《ひ》の晩《ばん》ごはんのテーブルで、クインビー家《け》の家族《かぞく》は、全員《ぜんいん》だまって、考《かんが》えこんでいました。まるで、一人一人《ひとりひとり》深刻《しんこく》な問題《もんだい》をかかえているみたいに。実際《じっさい》、みんなは、自分《じぶん》の問題《もんだい》を考《かんが》えていたのです。でも、その晩《ばん》のおかずにでたさかなの骨《ほね》をとろうとしていたので、深刻《しんこく》な顔《かお》つきになったのでした。骨《ほね》のあるおさかなを食《た》べるときには、深刻《しんこく》な顔《かお》つきにならないほうがむりというものです。ピ

ツキィピッキィは、自分《じぶん》の番《ばん》がまわってくるのを待《ま》って、ニャーニャー鳴《な》きながら、みんなの足《あし》のまわりを回《まわ》っていました。

おさかながきらいで、早《はや》くピッキィピッキィに自分《じぶん》の分《ぶん》をやってしまいたいと思《おも》っているラモーナは、おかあさんが、ラモーナが人《ひと》なみはずれて繊細《せんさい》で、感受性《かんじゅせい》が強《つよ》い子《こ》だというように、「ラモーナは、小鳥《ことり》みたいにちょっぴりしか食《た》べないのね」と、いってくれるといいな、と思《おも》いました。よそのおかあさんは、そんなもののいい方《かた》をします。ところが、ラモーナのおかあさんは、そうではありませんでした。おかあさんは、もし、ラモーナが、おさかなはきらいだと文句《もんく》をいえば、元気《げんき》よく「とにかく食《た》べちゃいなさい」というタイプでした。

小鳥《ことり》のようにちびちび食《た》べることでは、この場《ば》をきりぬけられないので、ラモーナは、さかなにフォークをつきさして、骨《ほね》を一本《ぽん》のこらずとりのけてから、最初《さいしょ》の一口《ひとくち》を食《た》べることにしました。骨《ほね》をよりだしながら、ラモーナは、家族《かぞく》のみんなにケムプさんのうちへはもう行《い》きたくないということを、どうきりだしたらいいか、考《かんが》えました。ぜったいに行《い》かない。でも、そうしたらどうなる？　もし、ラモーナが放課後《ほうかご》ケムプさんのうちへ行《い》かないとしたら、おかあさんは、お医者《いしゃ》さんのところで働《はたら》けなくなるかもしれません。そして、おとうさんは大学《だいがく》へ行《い》けなくなり、家族全体《かぞくぜんたい》が、ラモーナがたおしたドミノのように、ガタガタっと総《そう》くずれになるかもしれません。

おとうさんは、お皿《さら》のはしに骨《ほね》をおいて、ラモーナに、「ハーウィの大金持《おおがねも》ちのおじさんはどうなったんだい？　金《かね》ぶくろを持《も》ってあらわれたかい？」と、ききました。

そして、ピッキィピッキィに、「よせよ、うるさいぞ」と、いいました。

「来《き》たよ。でも、ひげがはえてて、ジーンズをはいたふつうの人《ひと》で、ぜんぜんお金持《かねも》ちなんかに見《み》えなかった」と、ラモーナはいいました。

すると、おとうさんは、「近《ちか》ごろは、服装《ふくそう》で人《ひと》を判断《はんだん》することはできんぞ」と、いいました。

「いい人《ひと》？」と、おかあさんがききました。

「ううん」と、ラモーナはいいました。「子《こ》どもをからかって、おもしろがるタイプのおとなの人《ひと》よ。」

「そう、そのタイプ」と、ビーザスがいいました。「わたしが入《はい》っていったら、このきれいなおじょうさんはどなた？　ってきくんだもの。わたし、きれいなんかじゃないわ。にきびが三つもあるし、ひどい顔《かお》だもの。」

ビーザスは、最近《さいきん》、顔《かお》のことをとても気《き》にしているのです。一日《にち》二回《かい》、薬用石《やくようせっ》けんでごしごし顔《かお》をこすり、チョコレートを食《た》べないようにしています。

「あたし、学校《がっこう》の帰《かえ》りにあそこのうちへ行《い》くのやめる」と、ラモーナは思《おも》いきって宣《せん》言《げん》しました。「だれがなんていったってかまわない。二度《ど》とあそこへは行《い》かないから！うちへ帰《かえ》ってきて、段《だん》だんのとこでこごえてるからいい。あんないやらしいケムプさんのおばあちゃんなんかに、こんりんざいめんどうみてもらいたくないのッ。」

怒《いか》りの涙《なみだ》があふれでて、まだ口《くち》をつけていなかったおさかなの上《うえ》に落《お》ちました。みんなは、シーンとしてしまいました。だれも何《なに》もいわないので、ラモーナはふたたび声《こえ》をあげました。

「とにかく、行《い》かないからね。行《い》かせようとしたってだめだからね。ケムプさんのおばあちゃん、あたしのことをきらってるんだから。ちゃんとわかってるんだから。」

ちょっとまえまでなら、おとうさんは、たとえばこんなふうな口《くち》のきき方《かた》をしたかもしれません。「ラモーナ、落《お》ちつきなさい。ごはんを食《た》べてしまいなさい」と。でも、今《いま》は、先生《せんせい》になる勉強《べんきょう》をしているので、冷静《れいせい》に、しずかな口調《くちょう》でいいました。

「ラモーナ、どういうことか話《はな》してごらん。」

こういわれて、ラモーナは、よけいカッとしました。おとうさんに、自分《じぶん》が病気《びょうき》で寝《ね》ているときみたいに、冷静《れいせい》に、ものしずかになんかしてほしくありませんでした。ギョッとして、大《おお》さわぎしてほしかったのです。おかあさんも、しずかにティッシュ

をとってラモーナにわたしました。ラモーナは、涙《なみだ》をふき、ティッシュを丸《まる》めてにぎりしめてから、話《はな》しはじめました。おじさんの持《も》ってきたおみやげのこと、おじさんがうたった歌《うた》のこと、ハーウィのひざのけがのこと、それからウィラジーンがアコーディオンをこわしたことまで。おとうさんとおかあさんは、アコーディオンの話《はなし》にはわらいました。

「ご近所《きんじょ》の人《ひと》がよろこんでるだろうよ」と、おとうさんはいいました。「おかげで、騒《そう》音《おん》をのがれられたんだからな。」

ラモーナもそれを聞《き》いて、ちょっとだけわらいました。今《いま》はもう自分《じぶん》のうちにいて安心《あんしん》なので、ホバートおじさんが帰《かえ》ってきたことのおかしい面《めん》を見《み》ることができました――でも、自分《じぶん》にかんすることはべつです。

「そりゃ、またすごい音《おと》だったでしょうね」と、おかあさんがいいました。

「ものすごかったよ」と、ラモーナも調子《ちょうし》を合《あ》わせました。「耳《みみ》がいたーくなるくらいすごい音《おと》だった——ピッキィピッキィ、くすぐらないで——けど、おばあちゃんは、あたしがちゃんとみていなかったからだっておこったんだよ。それって、不公平《ふこうへい》だよ。それで、あたし、きょうわかったんだ、ケムプさんのおばあちゃん、あたしのことすきじゃないんだって。やさしくしてくれたこと一度《ど》もないし、いっつもあたしが何《なに》かをしなかったっていっておこるんだもの。おとうさんやおかあさんが、あたしをどうしようとかまわない。あたし、あそこのうちへは行《い》かないからね。」

「ねぇ、ラモーナ、おまえ考《かんが》えたことある？　ケムプさんのおばあちゃん、もしかしたら、おまえや、ウィラジーンたちのお守《も》りをしなくてもすむんならいいのにって、思《おも》ってるかもしれないって。」と、おかあさんがいいました。

いいえ、そんなこと一度《ど》も考《かんが》えたことはありません。

「おばあちゃんくらいの年《とし》の女《おんな》の人《ひと》はね、うちにいて、子《こ》どもたちのめんどうをみるのがあたりまえというように育《そだ》てられてきたの」と、おかあさんは話《はな》しはじめました。

「女《おんな》の人《ひと》にできるのはそれだけだったの。でもね、もしかすると、おばあちゃんだって、ほんとうは、もっとほかのことをしたいんじゃないかしら。」

おかあさんは、そういってじっと考《かんが》えこみました。さかなの骨《ほね》の深刻《しんこく》さではなくて、ほんとうに深刻《しんこく》な顔《かお》で。

「おばあちゃん、あたしのこと、ちょっとくらいすきになってくれてもいいじゃない」と、ラモーナは、怒《いか》りはおさまったものの、今度《こんど》はふくれていいました。

ビーザスが、口《くち》を開《ひら》いていいました。

「ラモーナのいうことは、ほんとうよ。ケムプさんのおばあちゃんは、あたしたちのこと二人《ふたり》ともすきじゃないわ。だから、あたし、放課後《ほうかご》パメラのうちに行《い》くか、図書《としょ》館《かん》に行《い》くの。」

「ラモーナ、おまえ、どうしたらいいと思《おも》うんだね?」と、おとうさんがききました。

ラモーナは、どうしたらいいか考《かんが》える責任《せきにん》を負《お》いたくありませんでした。おとなの人《ひと》に助《たす》けてもらいたかったのです。おとうさんは、先生《せんせい》になる勉強《べんきょう》を始《はじ》めてから、少《すこ》しかわった、とラモーナはこのごろときどき思《おも》います。

「どうしてあたしうちにいて、自分《じぶん》で自分《じぶん》のめんどうをみちゃいけないの？」と、ラモーナはききました。「うちにだれもいないとき、一人《ひとり》でるす番《ばん》してる子《こ》、いっぱいいるよ。」

「そういう子《こ》が問題《もんだい》をおこすんだ――こらっ、ピッキィピッキィ、ぼくの足《あし》につめを立《た》てるんじゃない！――おまえはおとうさんのむすめだからね。それに、おとうさん、おまえには一人《ひとり》でうちにいてほしくないよ」と、おとうさんはいいました。

「うちにいてるす番《ばん》してる子《こ》って、たいていテレビばっかり見《み》ているんだよ」と、ビーザスが、テーブルをかたづけながらいいました。

「あたし、テレビ見《み》ないよ」と、ラモーナはできもしない約束《やくそく》をしました。

そして、お皿《さら》をさっと台所《だいどころ》へ運《はこ》んで、中身《なかみ》をピッキィピッキィのお皿《さら》にあけました。

「あたし、いすにすわって本《ほん》を読《よ》むから。あたしの心臓《しんぞう》にかけてちかう。やぶったら死《し》んでもいい。シチューになっても、フライになってもいい。」

「おとうさんなら、そこまでいわないなあ」と、おとうさんがいいました。そのいい方《かた》は、大学《だいがく》に行《い》くまえのおとうさんに近《ちか》い感《かん》じでした。

「あたしが、ラモーナの監督《かんとく》をするわ」と、ビーザスがテーブルから立《た》って、デザートの、かんづめのナシを配《くば》りながらいいました。ラモーナは、そのあとから、オートミールクッキーのお皿《さら》を持《も》ってついていきました。「中学校《ちゅうがっこう》の女《おんな》の子《こ》で、ベビーシッターしてる子《こ》、大《おお》ぜいいるよ。」

「おかあさん、デザートいらないわ」と、おかあさんが小《ちい》さい声《こえ》でいいました。

「あたし、あかんぼうじゃないよ」と、ラモーナはいいました。ビーザスったら、どうしてパメラのうちに行《い》きたくないんだろう。パメラはなんでも持《も》ってるのに――自《じ》分用《ぶんよう》のテレビに、自分用《じぶんよう》の電話《でんわ》に。パメラは、人気《にんき》があるのです。中学校《ちゅうがっこう》の女《おんな》の子《こ》は、みんなパメラみたいになりたがっているのです。

ラモーナは、大急《おおいそ》ぎで考《かんが》えました。ビーザスは、きっとねえさんぶって、えらそうにするでしょう。二人《ふたり》でいっしょにいたら、けんかになるにきまっています。でも、だれも止《と》める人《ひと》がいないのです。ビーザスは、告《つ》げ口《ぐち》するでしょう。ときどきしないこともありますが。もちろん、ラモーナも告《つ》げ口《ぐち》することがあります。でも、それとこれとはどうもちがうような気《き》がします。

一方《いっぽう》は、ケムプさんです。ホバートおじさんが帰《かえ》ってしまったら、おばあちゃんはいつもの編《あ》み物《もの》にもどり、ラモーナをきらうようになるでしょう。ケムプ家《け》には、親《しん》友《ゆう》のハーウィもいます。お天気《てんき》のよい日《ひ》にはもちろん、よくない日《ひ》でも、ハーウィは、近所《きんじょ》の男《おとこ》の子《こ》といっしょに自転車《じてんしゃ》に乗《の》りにいってしまいます。ラモーナにウィラジーンをおしつけて。

「ビーザス、あたしのめんどうみるのにお金《かね》はらってもらうの?」と、ラモーナはききました。

シーン……

「ピッキィピッキィ、おりなさい」と、おかあさんがいいました。ピッキィピッキィは、ラモーナのおさかなをあっという間《ま》に食《た》べてしまって、もっともっととさいそくしていました。

「ウーン」と、ビーザスがいいました。「ただでもいいと思《おも》うわ。だって、あたしもケムプさんのうちに行《い》きたくないんだもの。ケムプさんのおばあちゃん、あたしが来《く》るのを歓迎《かんげい》してくれたこと一度《ど》もないもの。それに、あそこのうち、なんだか古《ふる》い石《せっ》けんのにおいがするんだもの。」

「ケムプさんのおくさん、むすこさんがいらっしゃる間《あいだ》は、できるだけむすこさんといっしょにいたいと思《おも》っていらっしゃると思《おも》うわ」と、おかあさんがいいました。「だから、今週《こんしゅう》は一週間《いっしゅうかん》お休《やす》みすることにしたらどうかしら。そうすれば、あなたたちは

うちにいられるし、ケムプさんも気《き》をわるくなさらないでしょう。それで、うまくいくかどうかみてみれば。」

「おばあちゃん、あたしが来《こ》ないとよろこぶと思《おも》うよ」と、ラモーナはいいました。家族《かぞく》がみんなで自分《じぶん》を助《たす》けようとしてくれたことで、ラモーナの心《こころ》の中《なか》にあった、きずついていたんでいた気持《きも》ちはいやされはじめていました。

「あんたたち二人《ふたり》とも、学校《がっこう》からま

っすぐうちへ帰《かえ》ってこなければだめよ」と、おかあさんはいいました。「そして、約《やく》束《そく》してちょうだい、いい子《こ》にしてるって。けんかはなし。それと、ぜったい、ぜったいに、知《し》らない人《ひと》に戸《と》をあけないこと。」

二人《ふたり》は、約束《やくそく》しました。

「おかあさん、今《いま》すぐケムプさんのおばあちゃんに電話《でんわ》してくれる?」と、ラモーナはききました。

ラモーナは、おばあちゃんのほうからさきに電話《でんわ》をかけてきて、ラモーナはウィラジーンのわるいお手本《てほん》になっているといわれるまえに、ことの決着《けっちゃく》をつけておきたかったのです。

おかあさんが予想《よそう》したように、おばあちゃんは、むすこといっしょにすごす時間《じかん》がふえることで大《おお》よろこびでした。

「わぁーい!」と、ラモーナは歓声《かんせい》をあげました。少《すく》なくとも一週間《いっしゅうかん》、ケムプさんのおばあちゃんからのがれられるのです。

晩《ばん》ごはんがすむと、ビーザスは、宿題《しゅくだい》をしに自分《じぶん》のへやにひきとりました。ラモーナは、ビーザスについていき、へやのドアをしめてから、ききました。

「なんでパメラや、メリージェインのうちに行《い》かないで、放課後《ほうかご》あたしとうちにいるの？」

ビーザスのふるまいがあまり予想外《よそうがい》だったので、どうしてもわけが知《し》りたかったのです。

「メリージェインはいつもピアノの練習《れんしゅう》してるし、あたし、パメラとは口《くち》きかないことにしてるんだもの」と、ビーザスはいいました。

「どうして？」と、ラモーナはききました。ラモーナは、人《ひと》にどなることはありましたが、口《くち》をきかないということはなかったからです。口《くち》をきかなければ、何事《なにごと》もおこりません。ラモーナは、何《なに》かがおこるのがすきでした。

ビーザスは、こう説明《せつめい》しました。

「パメラったら、いつも自分《じぶん》のおとうさんはちゃんとしたお仕事《しごと》をしてるってじまんばっかりするんだもの。それで、あんたのおとうさんは、いつになったらふらふらするのをやめて、ほんとうに働《はたら》くようになるの、ってきくんだもの。だから、あたし、もうパメラのうちには行《い》かないの。もうあの人《ひと》とは口《くち》をきかないの。」

「いやなパメラ」と、ラモーナはつめのささくれをかみながらいいました。そのいたさが、心《こころ》のいたさであるように感《かん》じながら。「パメラに、うちのおとうさんについて、そんなことという権利《けんり》なんかないよ。あたしも、もう口《くち》きいてやらない。」

「それに、あたし、ビーおばさんがいってること聞《き》いちゃったんだ」と、ビーザスはつづけました。「学校《がっこう》は、先生《せんせい》をレイオフ*にしてるんだって。おとうさん、先生《せんせい》になれるかどうかわからないじゃない。」

ラモーナは、おとうさんみたいにすてきな人《ひと》なら、どの学校《がっこう》もやといたいと思《おも》うにちがいないと思《おも》っていましたが、これを聞《き》いて、新《あたら》しい心配《しんぱい》ができました。

「おとうさん、ガウジアラビアへ行《い》くと思《おも》う？　そりゃ、今働《いまはたら》いてるおそろしい冷凍《れいとう》食品倉庫《しょくひんそうこ》よりあたたかいと思《おも》うけど。」

「サウジアラビア」と、ビーザスは訂正《ていせい》しました。「ううん、そうは思《おも》わないわ。おとうさんは、石油《せきゆ》のことについては、何《なに》も知《し》らないもの、ただ、ねだんが高《たか》いということのほかはね。それに、あたしの思《おも》ってることわかる？」

ビーザスは、そういってから、ラモーナの返事《へんじ》を待《ま》たずにつづけました。

「あたし、思《おも》うに、おかあさん、もうながいことは働《はたら》かないんじゃないかって思《おも》うの。もうじきあかちゃんができるから。」

ラモーナは、ベッドの上《うえ》に、どたんとすわりました。べたべたの、よだれだらけのあかんぼう。クインビー家《け》のもう一人《ひとり》の家族《かぞく》。

「あたしたちってものがいるのに、どうしておかあさん、そんなことができるの？」

＊レイオフ……不況《ふきょう》のために、企業《きぎょう》が労働者《ろうどうしゃ》を一時的《いちじてき》に解雇《かいこ》または、休職《きゅうしょく》させること。学校《がっこう》の場合《ばあい》は、子《こ》どもが少《すく》なくなるとクラス数《すう》が少《すく》なくなるため、先生《せんせい》をやとわなくなること。

「そんなこと、あたしにきかないでよ」と、ビーザスはいいました。「けど、きっとそうだと思《おも》う。」

「どうして?」と、ラモーナはききました。おねえさんのいうことが、まちがいでありますようにとねがいながら。

「うん、ビーおばさんが、このごろいつもおかあさんに、調子《ちょうし》はどう、ってきいてるでしょ。なんかとくべつの理由《りゆう》があるみたいじゃない?」

思《おも》いかえすと、ビーザスのいうとおりだ、とラモーナは思《おも》いました。

「それに、おかあさん、デザート食《た》べないでしょ。体重《たいじゅう》ふやしちゃいけないからよ」と、ビーザスはつづけました。

「でも、ただふとりたくないからだけかもしれないよ」と、まだうたがいをもっているラモーナはいいました。おかあさんは、これまでずうっとすらりとしていて、ほかの大《おお》ぜいのおかあさんのように、体重《たいじゅう》のことを気《き》にしたことはありませんでした。

「それに、感謝祭《かんしゃさい》のころ、おかあさん、二度《ど》も朝《あさ》ごはんのあとで、はいてたよ」と、ビーザスはべつの理由《りゆう》をつけくわえました。

「そんなこと、なんでもないよ」と、ラモーナはいいました。「あたしだって、何度《なんど》もはいたことあるし、ミンスパイ*を食《た》べるといつも胸《むね》がわるくなるもの。」

「でも、あかちゃんができる女《おんな》の人《ひと》は、朝《あさ》、よくはくことがあるんだよ」と、ビーザスは説明《せつめい》しました。

「ほんとう?」

これは、ラモーナにとっては初耳《はつみみ》でした。もしかしたら、ビーザスのいうことは、ほんとうかもしれません。ビーザスは、そういうことに興味《きょうみ》があるのです。

「おかあさんにきいてみようか?」

「話《はな》すときがきたら、おかあさん、あたしたちにちゃんといってくれるわ。そりゃ、あたしがまちがっているかもしれないけど……」ビーザスの声《こえ》に、うたがいがしのび

＊ミンスパイ……ミンスミート（ひき肉《にく》）入《い》りのパイのこと。

こみました。でも、それをうち消《け》すように、ビーザスはいいました。「ああ、あたし、あたしの思《おも》ってることがあってるといいなあ。あたし、あかちゃん大《だい》すきなんだもの。うちのあかちゃんの世話《せわ》ができるんだったら、ほんとにうれしいわ。きっと、ものすごくかわいい子《こ》よ。」

ラモーナは、ビーザスが本《ほん》を開《ひら》いている間《あいだ》、ベッドの上《うえ》で考《かんが》えました。ちっちゃな弟《おとうと》、それとも妹《いもうと》？　ラモーナは、そんなこと考《かんが》えたくありませんでした。ほんのこれっぽっちも。もし、弟《おとうと》か妹《いもうと》ができることになれば、おとなたちは、まるで子《こ》どもには何《なに》もわからないというように心得顔《こころえがお》でいうのです。だれかさんの愛情《あいじょう》が横取《よこど》りされるわねって。うちに新《あたら》しくあかちゃんができた子《こ》について、おとなたちがこういうのを、ラモーナは、これまでにも、何度《なんど》も聞《き》いてきました。子《こ》どもたちが、目《め》の前《まえ》にいるのに、いないように話《はな》すのです。

「でも、もしそれがほんとうなら、おとうさんに、早《はや》く先生《せんせい》の口《くち》を見《み》つけてもらわなくちゃ」と、ビーザスはいいました。「さ、あっちへ行《い》って。あたし、勉強《べんきょう》しなきゃなんないから。」

ラモーナは、ぶらぶらと居間《いま》にもどりました。ソファーでは、おかあさんが横《よこ》にな

って、テレビのニュースを見《み》ていました。おとうさんが食堂《しょくどう》のテーブルで勉強《べんきょう》してい

るので、じゃまにならないように、テレビの音《おと》は低《ひく》くしてありました。ラモーナは、

おとうさんが勉強《べんきょう》しているときは、じゃまをしてはいけないと知《し》っていました。でも、

ラモーナは、おとうさんが、ほんとうは勉強《べんきょう》していないと判断《はんだん》しました。ただ、メモ

用紙《ようし》の上《うえ》で、えんぴつをぐるぐる回《まわ》しているだけです、心配《しんぱい》そうな顔《かお》をして。ラモー

ナは、おとうさんの腕《うで》とわきの間《あいだ》から、そうっと頭《あたま》をつっこみました。

「よう」と、おとうさんはいいました。ラモーナのおかげでわれに返《かえ》ったみたいに。

「ハーイ」と、ラモーナはこたえました。おとうさんは、大急《おおいそ》ぎでいたずら書《が》きのペ

ージをめくりましたが、ラモーナは、そのまえに、そこにかかれたものを見《み》てしまい

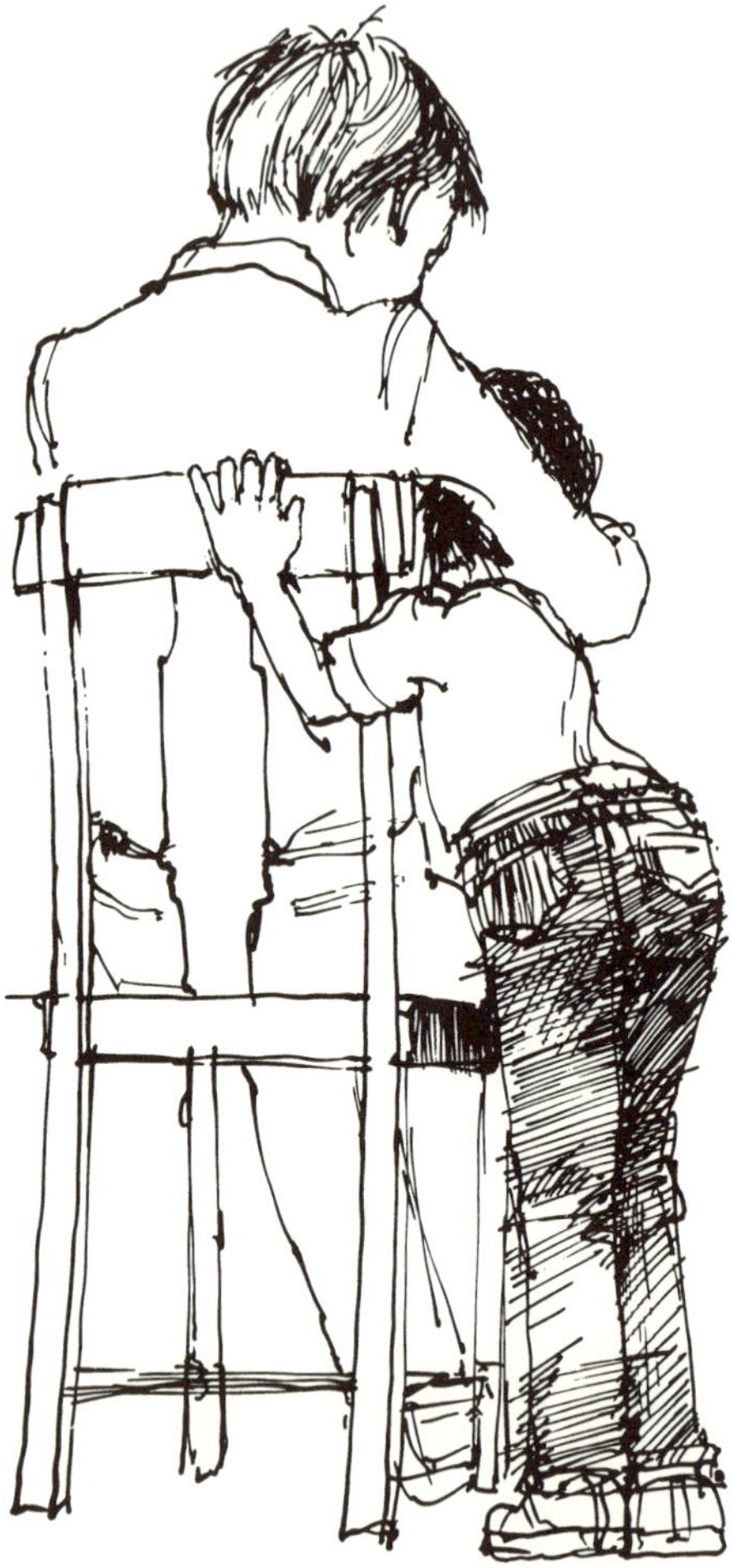

ました。そこには、ドルのしるしや、あかんぼうの絵《え》がありました。おとうさんは、あかんぼうのことを考《かんが》えていたにちがいありません。

「あたし、おとうさんのちっちゃな女《おんな》の子《こ》だよ」と、ラモーナは、おとうさんに思《おも》いださせてあげました。

おとうさんは、あごをラモーナの頭《あたま》にこすりつけました。

「そうとも。そして、おとうさんは、おまえがいてくれてとってもうれしいと思《おも》ってるよ。」

「じゃ、ほかに、もう一人《ひとり》女《おんな》の子《こ》いらないよね?」と、ラモーナはきかずにいられませんでした。

「さあ、そいつはどうかな。おとうさん、ちっちゃな女《おんな》の子《こ》がすきだから。」

3 おりこうさんでいること

月曜日《げつようび》、ハーウィは、ラモーナがスクールバスからポンとおりて、ハーウィのうちではなく、自分《じぶん》のうちのほうへ歩《ある》きはじめると、こまったような顔《かお》をしました。そして、

「あの――、じゃあな、ラモーナ。またあした」と、いいました。

「おじさんとおもしろいことして、遊《あそ》びなさいね」と、ラモーナはいい、クリッキタット通《どお》りにある自分《じぶん》のうちに向《む》かって歩《ある》いていきました。うちに着《つ》くと、かくしてあるところからかぎをとりだし、うら口《ぐち》から入《はい》って、手《て》をあらい、おやつのりんごを食《た》べ、しんをごみ箱《ばこ》に入《い》れ、学校用《がっこうよう》の服《ふく》をぬいで、ふだん着《ぎ》のT《ティー》シャツとジーンズに着《き》かえ、ソファーにすわって本《ほん》を読《よ》みはじめました。自分《じぶん》がおとなになったようで、とても、とてもいい気分《きぶん》でした。ケムプ家《け》にくらべて、クインビー家《け》は、なんてしずかで、気《き》が休《やす》まるのでしょう。ケムプ家《け》では、いつもテレビが、くだらないドラマをやっていて、ウィラジーンは、大声《おおごえ》をあげて、そこらじゅうとびまわりながら、ラモーナに遊《あそ》ぼうよ、遊《あそ》ぼうよ、とやかましくせっつくのです。おりこうにしていることは、ぜんぜんむずかしいことではありません。

しばらくすると、ビーザスが帰《かえ》ってきました。二人《ふたり》は、いつになくていねいに、あいさつをかわしました。二人《ふたり》とも、おりこうにしていると、かたく決心《けっしん》していたのです。ビーザスは、おやつのりんごをへやへ持《も》っていき、そこで宿題《しゅくだい》を始《はじ》めました。

ピッキィピッキィが、地下室《ちかしつ》から、だしてくれとニャーニャーさわぎました。

「ラモーナ、戸《と》をあけて、ピッキィピッキィをだしてやってくれる?」と、ビーザスがいいました。いつもなら、ビーザスは、聞《き》こえないの、ピッキィピッキィが鳴《な》いてるじゃないの、だしてやんなさいよ、とどなるところです。

きょうでなかったら、ラモーナも、なによ、自分《じぶん》がだしてやればいいじゃない、ピッキィピッキィはあたしのねこっていうよりは、あんたのねこなんですからね、ピッキィピッキィがうちに来《き》たとき、あたしはまだ生《う》まれてなかったんだから、とどなりかえすところです。でも、今《いま》は、「いいわ、ビーザス」といって、地下室《ちかしつ》の戸《と》をあけました。

ピッキィピッキィは、すぐ、だれかが思《おも》いがけずおいしいものを入《い》れてくれていないか見《み》に、台所《だいどころ》にあるお皿《さら》のところへ走《はし》っていきました。ラモーナは、本《ほん》にもどりました。ピッキィピッキィは、お皿《さら》には、のこりもののキャットフードしかないとわか

ると、ゆうゆうと歩《ある》いて居《い》間《ま》に行《い》き、ソファーの前《まえ》で、今《いま》にもラモーナのとなりにとびあがろうとするように、おしりをふりました。もう年《とし》よりなので、一《いっ》気《き》にとびあがることができないのです。ねこが自分《じぶん》に注意《ちゅうい》を向《む》けてくれるのはいつだってうれしいラモーナは、やさしくピッキィピッキィをだきあげて、ソファ

ーにのせてやりました。ピッキィピッキィは、ラモーナのわきで丸《まる》くなり、ゴロゴロいいはじめました。でも、ピッキィピッキィのゴロゴロ発声器《はっせいき》はさびついて、使用期《しようき》限《げん》がきているみたいでした。

おとうさんも、おかあさんも、ビーザスとラモーナが、二人《ふたり》ともそんなふうにおりこうさんにしていることを知《し》って、もちろん大《おお》よろこびでした。二人《ふたり》は、おかあさんのおなかが、朝《あさ》ごはんのときより大《おお》きくなっていないか注意深《ちゅういぶか》く見《み》つめました。

火曜日《かようび》の午後《ごご》は、月曜日《げつようび》と、ほとんどかわりありませんでした。ビーザスは、ながいことラモーナの知《し》らない子《こ》と電話《でんわ》で話《はなし》をしていました。会話《かいわ》の内容《ないよう》は、学校《がっこう》で、新《あたら》しく来《き》た男《おとこ》の子《こ》にだれが何《なに》をいったとか、だれかさんのT《ティー》シャツに何《なに》が印刷《いんさつ》してあるとか、ある男《おとこ》の子《こ》がビーザスをじっと見《み》ていたと、女《おんな》の子《こ》たちがしゃべっていたとか、というのは、ビーザスが「かれがわたしを見《み》てたって、ほんとう?」といったのでわかりましたが、とにかくそんなことが次《つぎ》から次《つぎ》へとつづきました。ラモーナにはまったく興味《きょうみ》のない会話《かいわ》がようやく終《お》わると、ビーザスは洗面所《せんめんじょ》へ行《い》って、薬用石《やくようせっ》けんでごしごしと顔《かお》をあらいました。

「まあ、うちのおじょうさんたちは、なんておりこうさんなんでしょう」と、仕事《しごと》から帰《かえ》ってきたおかあさんはいいました。おかあさんのおなかは、きのうよりちっとも大《おお》きくなってはいませんでした。でも、おかあさんはたしかにつかれているように見《み》えました。おかあさんは、とちゅうで晩《ばん》ごはんにピザを買《か》って帰《かえ》ってきました。ピザは、クインビー家《け》では、ぜいたく品《ひん》でした。ということは、おかあさんがお料理《りょうり》したくないということです。

水曜日《すいようび》になると、ラモーナは、おりこうさんでいることが負担《ふたん》になってきました。なぜなら、おりこうさんでいるのはたいくつだからです。ですから、ハーウィが通《とお》りをこっちへやってくるのを見《み》たときには、とてもうれしくなりました。ハーウィは、自転車《じてんしゃ》のハンドルとサドルの上《うえ》にうまくバランスをとって一輪車《いちりんしゃ》をのせてやってきました。ハーウィが、ラモーナの家《いえ》の車庫《しゃこ》の前《まえ》にその二つともをおろしたときには、もっとうれしくなりました。ラモーナは、玄関《げんかん》にでていきました。

「ラモーナ、表《おもて》にでてこいよ。ホバートおじさんが一輪車《いちりんしゃ》の乗《の》り方《かた》を教《おし》えてくれたから、おまえ、この自転車《じてんしゃ》に乗《の》っていいよ」と、ハーウィはいいました。

ラモーナの夢《ゆめ》がかなったのです。

「ねえ、ビーザス、あたし、表《おもて》で、ハーウィと自転車《じてんしゃ》に乗《の》ってるから」と、ラモーナは大声《おおごえ》でいいました。

「はじめに、あたしに行《い》ってもいい、ってきかなきゃいけないのよ」と、ビーザスはいいました。「あたしがいいっていわないうちは、外《そと》へでちゃいけないんだから。」

ラモーナは、ビーザスが、ハーウィの前《まえ》でえらそうぶっている、と思《おも》いました。

「なんで急《きゅう》にそんなにえらそうにするのよ？」と、ラモーナはくってかかりました。

「おとうさんとおかあさんが、あたしにまかすっていったんだもの。だから、あんたはいうこときかなきゃいけないのよ」と、ビーザスはこたえました。

「あんたの口《くち》のききようったら、まるであんたとメリージェインがままごとしてて、あたしをあかんぼうにしてたときそっくりだわ。けど、あたし、もうあかんぼうじゃありませんからね」ラモーナはどんどん腹《はら》が立《た》ってきて、口答《くちごた》えせずにはいられなくなっていいました。「おかあさんは、いつだっ

てあたしがハーウィと遊《あそ》ぶのゆるしてくれるわ。」

「でも、もしけがしたら、あたしの責任《せきにん》なのよ」と、ビーザスがいいました。

「それって、ただのいじわるじゃない。あばよーだ、ピザフェイス」と、ラモーナはいってとびだそうとしました。

玄関《げんかん》の戸《と》をバタンとしめようとした瞬間《しゅんかん》、ラモーナはぎょっとしました。ビーザスの顔《かお》が、今《いま》にも泣《な》きだしそうに、くしゃくしゃにゆがんだからです。

ハーウィが、「ラモーナ、見《み》て見《み》て!」と、さけびました。

ハーウィは、一輪車《いちりんしゃ》にまたがり、通《とお》りのはしまで行《い》って、またひきかえしてきました。けれども、それを見《み》ていたラモーナは、頭《あたま》が混乱《こんらん》して、落《お》ちつかなくなりました。

自分《じぶん》は、ビーザスを悲《かな》しませてしまいました。でも、どうして? これまでにだって、ビーザスのことを「パイフェイス」とよんだことは何度《なんど》もあります。でも、ビーザスは平気《へいき》でした。今度《こんど》の「ピザフェイス」とどこがそんなにちがっているのでしょう?

ラモーナは、たまたままえの晩《ばん》、ピザを食《た》べたので、ピザを思《おも》いだしたまでです。それに、ピザは、パイの一種《いっしゅ》ではないでしょうか。

「すごいわ、ハーウィ」ラモーナは、ハーウィが二度《ど》めに通《とお》りの角《かど》まで行《い》ってかえってきたときにいいました。でも、あたしはどうなの？　ラモーナは、まだビーザスのことを心配《しんぱい》しながら考《かんが》えました。あたし、これから一生《いっしょう》、ずうっとソファーにすわっておりこうさんでいるわけにはいかないわ。

「来《こ》いよ、ラモーナ、おれの自転車《じてんしゃ》に乗《の》れよ」と、ハーウィがさけびました。「いっしょにブロックぐるっと回《まわ》ってこようぜ。」

ラモーナは、ハーウィの自転車《じてんしゃ》のスタンドをあげました。そして、片方《かたほう》のペダルが高《たか》く、もう片方《かたほう》が低《ひく》くなっていて、スタートをきりやすいようになっているのをたしかめてから、サドルに乗《の》りました。それから、よろよろしながら、歩道《ほどう》のほうへ進《すす》んでいきました。

「いいぞ、いいぞ、ラモーナ」と、自分《じぶん》は一輪車《いちりんしゃ》に乗《の》って、ラモーナの先《さき》にたっていきながら、ハーウィはいいました。ラモーナは、よろよろとハーウィのあとについていきました。ついていきながら、ビーザスのことを心配《しんぱい》しました。ビーザスは、おとうさんやおかあさんになんていうだろう？　またケムプ家《け》にもどらなくちゃいけないんだろうか？

通《とお》りの角《かど》まで行《い》ったとき、ラモーナは、もうそんなによろけませんでした。角《かど》を曲《ま》がるときも、バランスをくずしませんでした。ラモーナは、いきおいにのってペダルを速《はや》くこぎました。これでこそ、ほんとうに自転車《じてんしゃ》に乗《の》っているというものです。うれしさいっぱい。まるでとんでいるみたいです。

ラモーナは、ハーウィを追《お》いこしました。もっと速《はや》く走《はし》ろうと、ペダルの上《うえ》に立《た》ちました。ラモーナの関心《かんしん》は、バランスではなくスピードにありました。そして、次《つぎ》の角《かど》まで来《き》たとき、角《かど》を曲《ま》がろうとして、バランスをうしないました。ポーンと投《な》げだ

され、その上《うえ》に自転車《じてんしゃ》がかぶさってきました。左《ひだり》のひざとひじにいたみが走《はし》り、一瞬《いっしゅん》息《いき》がつまりました。

ハーウィは、自分《じぶん》の一輪車《いちりんしゃ》をほうりだして、走《はし》ってきました。そして、自転車《じてんしゃ》を起《お》こすと、「だいじょぶか?」と、ききました。

ラモーナは、どうにか立《た》ちあがりました。

「どこもおれてないと思《おも》うわ」と、ラモーナは泣《な》くまいとがまんしながらいいました。すりむいたひじから血《ち》が流《なが》れ、ジーンズのひざにも血《ち》がにじんできました。足《あし》を引《ひ》きずりながら、ラモーナは、自転車《じてんしゃ》をおしてうちのほうへ歩《ある》いていきました。ハーウィも、一輪車《いちりんしゃ》をおして、ついてきてくれました。

「また来《き》てね、ハーウィ。あたし、あんたの自転車《じてんしゃ》に乗《の》るの大《だい》すきだから、ちょっとくらい転《ころ》んでもね」と、ラモーナはいいました。

「いいよ、ラモーナ」と、ハーウィはこたえました。「おまえ、早《はや》く行《い》って、その血《ち》ふいちゃったほうがいいよ。」

ラモーナは、居間《いま》のじゅうたんの上《うえ》に血《ち》を落《お》としたくなかったので、うら口《ぐち》にまわりました。でも、かぎがかかっていたので、ノックして、ビーザスをよばなければなりませんでした。戸《と》をあけたとき、ビーザスはラモーナが血《ち》をだしているのを見《み》ましたが、知《し》らんふりをして、ものもいわず自分《じぶん》のへやにもどっていきました。

ラモーナは、いたいほうの足《あし》を引《ひ》きずるようにしながら、おふろ場《ば》に行《い》きました。もし、おねえさんのいうとおりだったわ、いうことをきかなかったからけがしちゃった、といえば、ビーザスは、口《くち》をきいてくれるかもわかりません。

ラモーナは、できるだけあわれっぽい声《こえ》をだして、「ビーザスゥ、転《ころ》んで、ひどいけがしちゃった。来《き》て、手伝《てつだ》ってぇー」と、いいました。

「知《し》るもんですか、なによ、いやらしいゲジゲジ虫《むし》」というのが、おねえさんの返事《へんじ》でした。「いい気味《きみ》だわ。あたし、もうこんりんざい、あんたとは口《くち》をきかないからね。

あたしの顔《かお》が、ピザみたいに赤《あか》くて、ブツブツだらけなのは、なにもあたしの責任《せきにん》じゃありませんからね。」

ラモーナは、おねえさんの、このことばを聞《き》いて、すまなかったと思《おも》うのと、腹《はら》が立《た》つのとで、ものがいえませんでした。ラモーナが、ビーザスの気持《きも》ちをきずつけたのは、知《し》らずにしたことです。でも、ビーザスは、わざとひどいことをいいました。それに、ラモーナが血《ち》をたらしているのに、知《し》らん顔《かお》をしています。もしかしたら、い、い、い、い、よろこんでいるのかもしれません。なにさ、ビーザスのやつ、えらそうにして。

ラモーナは、自分《じぶん》でひざとひじをあらいました。そして、消毒液《しょうどくえき》のスプレーをかけてから、ばんそうこうをはりました。それから、きれいなジーンズにはきかえて、ひじのけがが見《み》えないように、長《なが》そでのブラウスを着《き》ました。そのあと、ピッキィピッキィをだきあげて、ソファーにのせてやり、自分《じぶん》もその横《よこ》にすわって、本《ほん》を読《よ》むことにしました。つまり、おりこうさんのラモーナにもどるのです。

けれども、ラモーナは、本《ほん》を読《よ》むことができませんでした。腹《はら》が立《た》っていたとはいえ、自分《じぶん》がビーザスの気持《きも》ちを、思《おも》いもしなかったやり方《かた》できずつけたことに対《たい》して、たまらない気《き》がしました。きょうだいは、しょっちゅうおたがいにいろんな悪口《わるくち》をいいあいました――ラモーナのアイスクリームがとけて、コーンから流《なが》れだし、あごにたれてきたのを見《み》て、ビーザスが、「よだれんぼう」というなど――でも、本気《ほんき》で悪《わる》口《くち》をいったことは、けっしてありませんでした。ところが、今《いま》、ビーザスは、ラモーナのことを、いやらしいゲジゲジ虫《むし》とよんだのです、それも本気《ほんき》で。それに、おとうさんとおかあさんに、二人《ふたり》がけんかをしたといったら、どうなるでしょう？　ラモーナは、まちがいなくケムプ家《け》にもどるはめになるでしょう。

ラモーナは、おりこうさんにもどっていたので、テーブルをセットすることにしました。ビーザスが、洗面所《せんめんじょ》へ行《い》って、顔《かお》をあらっている音《おと》がしました。それから、ビーザスは、台所《だいどころ》へ入《はい》ってきました。ピッキィピッキィは、自分《じぶん》でどうにかソファーからおりて、ビーザスのあとについてきました、もしかしたら、ビーザスが、何《なに》かいいものをくれるかもしれないと思《おも》ったのです。ビーザスは、じゃがいもを四つあらって、焼《や》くためにオーブンに入《い》れました。それから、ピッキィピッキィをだきあげて、やさしくなでながら、「いい子《こ》ねぇ、ピッキィピッキィ」と、ラモーナに聞《き》こえるようにいいました。これは、もちろん、ラモーナはいい子《こ》じゃない、という意味《いみ》です。

こんなことがあったものの、両親《りょうしん》が帰《かえ》ってきたとき、ビーザスは、まるで何事《なにごと》もなかったようにふるまいました。そこで、ラモーナもそのとおりにしました——ただ、二人《ふたり》ともおとうさんとおかあさんには話《はなし》をしましたが、おたがいどうしは、口《くち》をききませんでした。ラモーナは、おかあさんがお医者《いしゃ》さんのところで着《き》ている白《しろ》いユニフォームが、おなかのまわりで、少《すこ》しきつくなっているように見《み》えると思《おも》いました。もしかしたら、ユニフォームがちぢんだか、それともゆうべ食《た》べたピザのせいでふとったか、それとも、やっぱりビーザスのいうことが正《ただ》しくて、おかあさんにあかちゃんができたのか。

みんなが、食卓《しょくたく》に着《つ》こうとしたとき、電話《でんわ》が鳴《な》りました。たまたまおかあさんがそばにいたので、電話《でんわ》をとりました。

「ええ、わたしは元気《げんき》よ」と、おかあさんはいいました。

ラモーナは、ビーザスの顔《かお》を見《み》たい、と思《おも》いました。けれども、口《くち》をきかないのですから、顔《かお》を見《み》ることはできません。ラモーナは、おかあさんがなんというか、聞《き》き耳《みみ》をたてました。

おかあさんは、にこにこしていました。

「ええ…ええ、もちろん。それは、すばらしい考《かんが》えだと思《おも》いますわ……。いいえ、だめでもともとですもの、ですから、どうぞやってごらんになって……。おもしろそうだわね。あとでどうなったか、教《おし》えてくださいね。」

「何《なに》がおもしろそうなの？」ラモーナとビーザスが、同時《どうじ》に大《おお》きな声《こえ》でききました。

「ああ――ちょっとしたこと」と、おかあさんは、うきうきした調子《ちょうし》でいいました。そして、おとうさんのほうに、ちらっとウインクしてみせてから、「なんのことだったか、わすれたわ」と、いいました。

「おかあさん、おとうさんにウインクした」と、ラモーナは、とがめるようにいいました、まるで、ウインクすることが、何《なに》かわるいことでもあるように。

「おかあさん！　うそついてる！」と、ビーザスが憤慨《ふんがい》していいました。「わすれてなんかないくせに。」

「人《ひと》の前《まえ》で何《なに》かの話《はなし》をして、それがなんのことだかいわないのは失礼《しつれい》だよ」と、ラモーナはいいました。ラモーナだって、知《し》りたくてうずうずしていたのです。

「電話《でんわ》、だれからだったんだい？」と、おとうさんがききました。

ようし、これでおかあさんもしゃべるぞ、だって、おとうさんにはうそつかないもん、とラモーナは思《おも》いました。

「ハーウィのおかあさんから」と、おかあさんはいいました。「ちょっと、ききたいことがあって。」

「そう」おとうさんがいったのは、それだけでした。

「誕生日《たんじょうび》パーティーのこと？」と、ラモーナがききました。だって、おかあさんはおもしろそうといったのです。

「気《き》にしないの、ラモーナ。それより、さっさとごはん食《た》べなさい」と、おかあさんはいいました。

「ねぇ、そうなの?」と、ラモーナはしつこくききました。

「いいえ、誕生日《たんじょうび》パーティーじゃありません。あなたには関係《かんけい》のないことよ」と、おかあさんはいいました。

ラモーナは、まだおかあさんがうそをついているのでは、と思《おも》いました。そうだといいのに、だって、ラモーナは、自分《じぶん》に関係《かんけい》のあるおもしろいことがおこってほしかったからです。

おとうさんもおかあさんも、むすめたちが、たがいに口《くち》をきかないでいるのに気《き》がついていませんでした——あるいは、気《き》がついていたのに、だまっていたのかもしれません。

晩《ばん》ごはんがすむと、おかあさんは、少《すこ》しつかれたから、ベッドに横《よこ》になって本《ほん》を読《よ》むことにするわ、といいました。女《おんな》の子《こ》たちは、おかあさんがこういったのには意味《いみ》があるとは思《おも》いましたが、わざと顔《かお》を見《み》あわせることはさけました。

二人《ふたり》が、テーブルの上《うえ》をかたづけていると、おとうさんが、「お皿《さら》は、ぼくがあらうよ」と、あとかたづけを買《か》ってでました。「そのあとで、あすの実習授業《じっしゅうじゅぎょう》の準備《じゅんび》をすることにしよう。」

それから、おとうさんは、声《こえ》を低《ひく》くして、むすめたちにこういいました。

「一つだけはっきりいっとくがね、おまえたち、おかあさんに心配《しんぱい》かけるようなことをするんじゃないぞ。わかったね？」

二人《ふたり》とも、こっくりしました、たがいに目《め》を合《あ》わせないようにしながら。

おとうさんのおこったような声《こえ》の調子《ちょうし》から、二人《ふたり》は、自分《じぶん》たちがけんかをしたことを、おとうさんが知《し》っているのがわかりました。ビーザスは、自分《じぶん》のへやに行《い》ってしまいました。

ラモーナは、そのあとについていきたい、と強《つよ》く思《おも》いました。そして、ごめんなさいといって、ピザフェイスといったのは、なにもビーザスが思《おも》っているような意味《いみ》でいったのではないといい、ビーザスがいわくありげな電話《でんわ》のことをどう思《おも》ったか、もし、おかあさんにあかちゃんが生《う》まれるのなら、いつなのかききたい、と心《こころ》から思《おも》いました。

けれども、ラモーナは、ごめんなさいをいいなれていませんでした、とくにえらそうにして、自分《じぶん》のことを、いやなゲジゲジ虫《むし》よばわりする人間《にんげん》に対《たい》しては。チビ虫《むし》というなら、まだゆるせます。でも、いやなゲジゲジ虫《むし》とは。

4 ピッキィピッキィ

ふしぎなことに、心《こころ》が重《おも》いと、足《あし》も重《おも》くなりました。ラモーナは、スクールバスまでの道《みち》をのろのろと歩《ある》き、学校《がっこう》のろうかを足《あし》を引《ひ》きずって歩《ある》き、そして、学校《がっこう》の帰《かえ》りには、バスからうちまでの道《みち》を、一歩《いっぽ》一歩《いっぽ》ドタドタと歩《ある》きました。だれもいない家《いえ》に一人《ひとり》で入《はい》るのは、さびしいものでした。そこで、音《おと》だけでもにぎやかにしたいと、テレビをつけました。ラモーナは、ソファーにすわって、ケムプさんのおばあちゃんが

見《み》ている、おもしろくもなんともないドラマをじっと見《み》ました。ドラマにでてくる人《ひと》はお金持《かねも》ちばかりで――だれ一人《ひとり》として、ホバートおじさんににた人《ひと》はいませんでした――みんな、ほかの人《ひと》がひどいことをしたと非難《ひなん》していました。それがなんのことだか、ラモーナには、正確《せいかく》なところわかりませんでしたが、とにかくたいくつ、たいくつ、たいくつでした。

ビーザスが、帰《かえ》ってきました。ビーザスは、教科書《きょうかしょ》をベッドの上《うえ》において、たぶん上着《うわぎ》はベッドの上《うえ》にほうりなげたりせず、ちゃんとハンガーにかけ、それから、地下室《ちかしつ》の戸《と》のところへ行《い》きました。口《くち》にはだしませんでしたが、背中《せなか》が、あんたはピッキィピッキィをだしてやらなかったでしょ、といっていました。ラモーナは、自分《じぶん》がピッキィピッキィをだしてやらなかったのは、ピッキィピッキィがニャーニャー鳴《な》かなかったからだということに気《き》がつきました。

ビーザスが戸《と》をあけても、ねこはあらわれませんでした。いつもなら、すぐでてきて、お皿《さら》を調《しら》べにいくのでしたが。ビーザスは、スイッチを入《い》れて地下室《ちかしつ》の電気《でんき》をつけ、階段《かいだん》をおりていきました。

おかしいな、とラモーナは思《おも》いました。

「ラモーナ！」というビーザスの悲鳴《ひめい》が聞《き》こえました。「すぐ来《き》て！」

とうとうビーザスが口《くち》をききました！　けれども、その声《こえ》は、何《なに》かひどくわるいことがおこったことを知《し》らせていました。ぎょっとして、ラモーナは、地下室《ちかしつ》への階段《かいだん》をかけおりました。最後《さいご》の二段《だん》はとばして、コンクリートの床《ゆか》にとびおりました。おねえさんが、自分《じぶん》を必要《ひつよう》としていました。

ビーザスは、両手《りょうて》を胸《むね》の上《うえ》でにぎりしめたまま、ピッキィピッキィのかごのそばにつつ立《た》っていました。

「死《し》、死《し》、死《し》んでる」ビーザスは、動《うご》かなくなったねこを、信《しん》じられないというように見《み》つめました。目《め》には涙《なみだ》がうかんでいました。「ピッキィピッキィが死《し》、死《し》んでる。」

「どうして?」と、ラモーナはいいました。

「朝《あさ》は生《い》きてたよ。」

二人《ふたり》とも、おたがいに対《たい》していだいていた気持《きも》ちをわすれました、というか、少《すく》なくともそれはわきへおしやられました。

「けど、死《し》んでるもの」と、ビーザスはいいました。「どうして

だかわかんない。老衰《ろうすい》としか思《おも》えないけど。あたしがだきあげようとしたら、手《て》も足《あし》もだらーんとして、つめたかったんだもの。あんたもさわってごらんなさいよ、ほんとだから。」

ラモーナは、勇気《ゆうき》をふるいおこして、一本指《ぽんゆび》で、こわごわ死《し》んだピッキィピッキィにさわってみました。ピッキィピッキィは、つめたい、ぐにゃぐにゃした毛皮《けがわ》のようでした。

「どうしたらいいかしら？」ビーザスは、ひどく動揺《どうよう》していました。

「おとうさんとおかあさんが帰《かえ》ってくるまで待《ま》ったら？」と、ラモーナはいってみました。

「けど、おとうさん、おかあさんに心配《しんぱい》かけちゃいけないっていったわ」と、ビーザスはいいました。「あたしたちがピッキィピッキィに何《なに》かしたわけじゃないけど、でも帰《かえ》ってきて、地下室《ちかしつ》で、ピッキィピッキィが死《し》んでいるのを見《み》つけたら、おかあさん、すごくびっくりすると思《おも》うわ。」

「そうだね」ラモーナも、そのとおりだと思《おも》いました。「きっと、ものすごくびっくりすると思《おも》う、とくに晩《ばん》ごはんのときだと。」

きょうだいは、悲《かな》しそうに、死《し》んでしまったペットを見《み》つめました。

「お墓《はか》にうめて、お葬式《そうしき》をしてあげないといけないいんだと思《おも》う」と、ラモーナはいいました。

「それなら、急《いそ》がないと」と、ビーザスはいって、「あたし、穴《あな》ほれるかどうかわからないけど」と、いいながら、二本《ほん》のくぎの間《あいだ》にさかさにかけてあった、おとうさんの重《おも》いシャベルをかべからおろしました。

「来《き》て。どこにお墓《はか》ほったらいいか、いっしょに見《み》て」ビーザスは、階段《かいだん》をあがりながら、ラモーナにいいました。

ラモーナは、よろこんであとについていきました。ピッキィピッキィの幽霊《ゆうれい》といっしょに地下室《ちかしつ》にとりのこされるのはいやだったからです。ばかな、と思《おも》いましたが、でもそう思《おも》ったのです。

女《おんな》の子《こ》たちは、うら庭《にわ》のしめった芝生《しばふ》を横切《よこぎ》って、まえにおとうさんが、しげりすぎて場所《ばしょ》ふさぎになった月桂樹《げっけいじゅ》の株《かぶ》をほりおこしたところに行《い》きました。ビーザスが、シャベルをどろどろした土《つち》の上《うえ》につきさし、シャベルの刃《は》の上《うえ》に体重《たいじゅう》をかけて、地面《じめん》に深《ふか》く入《い》れ、土《つち》をほりおこして、横《よこ》におきました。そして、もう一回同《かいおな》じようにほりながら、「何《なに》に入《い》れてうめる？」と、ききました。

「あたし、箱《はこ》さがしてくる」と、ラモーナはいいました。今《いま》やビーザスが口《くち》をきいているのですから、ラモーナのほうでもそれにこたえないわけにはいきません。

それに、自分《じぶん》の知《し》っているだれかが死《し》ぬというはじめての体験《たいけん》——小鳥《ことり》はべつとして——にであって悲《かな》しくもあり、厳粛《げんしゅく》な気持《きも》ちにもなっていましたが、ねこを埋葬《まいそう》するということには興味《きょうみ》がありました。

地下室《ちかしつ》で、段《だん》ボールの箱《はこ》を見《み》つけたラモーナは、大急《おおいそ》ぎでそれを上《うえ》に持《も》ってあがり、自分《じぶん》のへやに行《い》って、お人形《にんぎょう》のまくらと毛布《もうふ》を二まいとってきました。そして、箱《はこ》の中《なか》に一まいめの毛布《もうふ》をしき、はしっこにまくらをおきました。ラモーナは、地下室《ちかしつ》にもどりましたが、自分《じぶん》では死《し》んだピッキィピッキィを持《も》ちあげることができないとわかったので、それは、ビーザスにまかせることにしました。

外《そと》へでてみると、ビーザスは、息《いき》をきらしながら、シャベルと格闘《かくとう》していました。

ラモーナは、「あたしにやらせて」といってみましたが、すぐシャベルは自分《じぶん》には大《おお》きすぎて、とても手《て》に負《お》えないことがわかりました。

「あたし、移植《いしょく》ごて持《も》ってくる」と、ラモーナはいいました。

女《おんな》の子《こ》たちは、二人《ふたり》して働《はたら》きました。ラモーナは、地面《じめん》にひざをつき、はじめは移《い》植《しょく》ごてで、しまいには手《て》で土《つち》をほって、とうとうねこにちょうどいい大《おお》きさのお墓《はか》をほりあげました。

「ビーザス、あんた、ピッキィピッキィを箱《はこ》の中《なか》に入《い》れてくれる？　あたし、こわいっていうんじゃないんだけど、でもやりたくないの。」

地下室《ちかしつ》へもどると、ビーザスは、ピッキィピッキィをだきあげて、段《だん》ボールのお棺《かん》の中《なか》に入《い》れ、頭《あたま》をまくらの上《うえ》におきました。ラモーナが、二まいめの毛布《もうふ》を上《うえ》からけて、ピッキィピッキィのからだをつつみ、二人《ふたり》して箱《はこ》のふたをしめました。

ビーザスが、箱《はこ》をお墓《はか》の場所《ばしょ》まで運《はこ》びました。

「ただうめるだけじゃいけないような気《き》がするの」と、ビーザスはいいました。「けど、デイおばあちゃんのお葬式《そうしき》のときのことは、あんまりよくおぼえてないの。みんなが、ひそひそ声《ごえ》で話《はなし》をしていたってこと以外《いがい》は。お花《はな》がいっぱいあって、あたしはじっと動《うご》かずにいなきゃならなかったの。あのとき、あんたはまだあかちゃんだったものね。」

ラモーナは、お葬式《そうしき》のことなら知《し》っていました。

「テレビじゃ、だれかをうめるときは、みんなお墓《はか》のまわりに立《た》って、お祈《いの》りするよ」と、ラモーナはいいました。「そいで、死《し》んだ人《ひと》のおくさんが泣《な》いて、だれかがその人《ひと》をつれていくんだよ。」

「あたしたち、お祈《いの》りしなきゃいけないと思《おも》うわ」と、ビーザスがいいました。でも、ビーザスは、ねこのための正《ただ》しいお祈《いの》りのしかたを知《し》っているふうではありませんでした。

ラモーナは、自信《じしん》がありました。そこで、頭《あたま》をたれて祈《いの》りはじめました。

「われ、今《いま》、ここにねむらんとして、横《よこ》たわる。」

「それじゃ、いけないわ」と、ビーザスがさえぎりました。「だって、あんたがうめられるわけじゃないんだもの。」

「そう、じゃ、いいよ」と、ラモーナは、やりなおしました。「ピッキィピッキィ、今《いま》ここにねむらんとして横《よこ》たわる。主《しゅ》よ、かれのたましいを御手《みて》のうちにとどめたまえ。

なんじの愛《あい》、夜《よる》の間《あいだ》かれとともにいまし、朝《あさ》の光《ひかり》に目《め》ざめしめたまえ、アーメン。」

お祈《いの》りがすむと、ラモーナは、「ほら、これでいいよ」と、いいました。

ビーザスは、まゆをしかめて考《かん》えこんでいました。

「ピッキィピッキィは、朝《あさ》の光《ひかり》とともに目《め》ざめたりしないよ。目《め》はさめないんだから。死《し》んでるんだもの。」

ラモーナは、気《き》にしていませんでした。

「ねこは、命《いのち》を九つもっているんだよ。だから、あしたの朝《あさ》、どこかで、だれかの子《こ》ねこに生《う》まれかわって、新《あたら》しい生活《せいかつ》を始《はじ》めるんだよ。」

「そんなふうに思《おも》ってもみなかったわ」と、ビーザスはいいました。「でも、それ、理《り》くつに合《あ》ってるような気《き》がする。新《あたら》しいかい主《ぬし》になる人《ひと》、ピッキィピッキィにメロンの皮《かわ》やってくれるといいけど。だって、ピッキィ、メロンの皮《かわ》が大《だい》すきだったもの。」

ビーザスは、シャベルをとりあげて、土《つち》をかぶせはじめました。

「お花《はな》がほしいけど、なんにもないわね。」

「ピッキィピッキィ、九つの命《いのち》のうち、何番《なんばん》めのときうちにいたんだろう」ラモーナは、お墓《はか》の上《うえ》にまく、しめった茶色《ちゃいろ》の落《お》ち葉《ば》をかきあつめながら、いいました。女《おんな》の子《こ》たちは、ピッキィピッキィのお棺《かん》がうまった小《ち》さな土《ど》まんじゅうを、悲《かな》しそうにながめました。

「ピッキィピッキィはいいねこだったね。あたしが小《ちい》さいときは、あたしのことすきじゃなかったけど。」

「そういえば、ピッキィピッキィが、まだうんとちっちゃい子《こ》ねこだったとき、カーテンにのぼってたの思《おも》いだすわ」と、ビーザスがいいました。

「あたし、ピッキィピッキィのお墓《はか》つくってあげようっと」と、ラモーナはいいました。

悲《かな》しみを分《わ》かちあったことで、ラモーナは、おねえさんの気《き》持《も》ちに近《ちか》づいた気《き》がしました。今《いま》ならねこ以外《いがい》のことも話《はな》せる気《き》がしました。

「ビーザス――」ラモーナは、大《おお》きく息《いき》をのんで口《くち》をきりました。「きのうのこと、ごめんね。あたし、あんたのこと――あんなふうにいっちゃって。あたし、あんたが思《おも》ってるような意味《いみ》でいったんじゃないんだよ。」

ラモーナは、どうしてパイフェイスというつもりがピザフェイスといってしまったのか、わけを説明《せつめい》しました。

「あたし、あんたをきずつけるつもりはなかったんだよ。あたし――あたし、もうぜったいにあんなこといわないから、どんなに腹《はら》が立《た》ってるときでも。」

「いいのよ」と、ビーザスは、大《おお》きなため息《いき》をつきながら、いいました。「あたし、なにもあんなにおこらなくてもよかったんだよ。おかあさんは、お肌《はだ》のことは、時期《じき》がきたらなおるっていうけれど、でも永久《えいきゅう》につづくみたいなんだもの。ところで、あたし、この手《て》のひらのマメに何《なに》かぬったほうがよさそうだわ。」

お葬式《そうしき》にもかかわらず、ラモーナは、気持《きも》ちが軽《かる》くなって、うれしい気《き》がしました。おねえさんも、自分《じぶん》も、二人《ふたり》ともあやまって、おたがいにゆるしあいました。

「それに、あたしたち、おかあさんに心配《しんぱい》かけずにすんだものね」と、ラモーナはいいました。

ラモーナは、走《はし》っていって、地下室《ちかしつ》の、材木《ざいもく》のきれはしをおいてあるところから、小《ちい》さな板《いた》きれをさがしてきました。そして、ビーザスが、どろのついた洋服《ようふく》を着《き》かえて、手《て》をあらって、消毒《しょうどく》し、マメのできているところへばんそうこうをはってもどってきたときには、お墓《はか》には、板《いた》きれでできた、墓標《ぼひょう》が立《た》っていました。それには、クレヨンで、次《つぎ》のように書《か》いてありました。

ピッキィピッキィ・クインビー

十歳《さい》
よいねこ

字《じ》の下《した》に、ラモーナは、金色《きんいろ》のねこの絵《え》をかきました。

「でも、おとうさんやおかあさんには、いわなくちゃね。二人《ふたり》とも、悲《かな》しがると思《おも》うわ。」

「おかあさん、このこと知《し》ったら、ぐあいわるくなる

んじゃない？」と、ラモーナはいいました。

ビーザスには、なんともいえませんでした。

「うーん――でも、地下室《ちかしつ》でピッキィピッキィが死《し》んでいるのを見《み》つけるよりは、あたしたちがお墓《はか》にうめたってわかるほうが、ショックが少《すく》ないと思《おも》うわ。」

ビーザスは、手《て》のひらのばんそうこうの位置《いち》を直《なお》しながら、いいました。

「あんたも、きれいな服《ふく》に着《き》かえたほうがいいわよ。でないと、おかあさん、ほんとにびっくりするわ。それから、わすれないで、つめに入《はい》ったどろ、つめブラシでよく落《お》とすのよ。」

ラモーナが、まだ服《ふく》を着《き》かえおわらないうちに、おとうさんとおかあさんが、帰《かえ》ってきました。おとうさんは、食料品《しょくりょうひん》の入《はい》った紙《かみ》ぶくろを台所《だいどころ》のカウンターの上《うえ》におくと、下《した》のむすめに目《め》をとめて、にやっとわらっていいました。

「お水《みず》を少《すこ》し足《た》すと、たちまちラモーナになります。ただし、石《せっ》けんも少《しょう》しょうくわえたほうがよくできるでしょう。」

おかあさんは、ラモーナがどろだらけになっているのを見《み》なれているので、ただ「キャットフードの安売《やすう》りを見《み》つけたわ」とだけいいました。

ラモーナは、こまったような目《め》でおねえさんを見《み》ましたが、手《て》をあらって、服《ふく》を着《き》かえるために走《はし》っていきました。今《いま》となっては、キャットフードを買《か》うなんて、なんてお金《かね》のむだでしょう。ラモーナが、テーブルをセットするためにもどってきたとき、きょうだいは、もう一度《ど》こまったように顔《かお》を見《み》あわせました。ビーザスは、ばんそうこうをぬらさないように、指先《ゆびさき》でレタスをあらっていました。

「あら、ビーザス、おまえ、その手《て》どうしたの?」と、カウンターの上《うえ》ににんじんをおこうとしていたおかあさんがいいました。「けがしたんじゃないの?」

「たいしたことないわ」と、ビーザスはいいました。

「いいわ、レタスはおかあさんがあらうから。」

そういって、おかあさんは、ビーザスの手《て》をとって調《しら》べました。

「まあ、ひどい。どうしたの、こんなにマメつくっちゃって？」

ビーザスは、わけをいいたくなくて、ねえ、どうしたらいい？　というように、ラモーナのほうを見《み》ました。

これはだめだ、とラモーナは思《おも》いました。どっちみちおとうさんたちにわかることです。

「うら庭《にわ》に穴《あな》ほったからだよ」と、ラモーナはいい、それから、せいいっぱいの悲《かな》しそうな、あわれっぽい声《こえ》で、「お墓《はか》ほったの、小《ちい》さなお墓《はか》。」

これを聞《き》いて、おとうさんとおかあさんの顔《かお》にうかんだおどろきの表情《ひょうじょう》を見《み》たとき、ラモーナは、してやったり、と思《おも》ったほどでした。

おとうさんのほうが、さきにいつもの調子《ちょうし》をとりもどしました。そして、ちょっぴりおかしそうにききました。

「それではおたずねいたしますが、ビーザスの手《て》にマメができるほどの大《おお》きさのお墓《はか》というのは、いったいどなたを、あるいは何《なに》を埋葬《まいそう》するためのものでございますか?」

ラモーナは、おとうさんが、ラモーナがまだ小《ちい》さかったころ、いっしょにつくった小鳥《ことり》のお墓《はか》のことを考《かんが》えているのだとわかりました。そこで、このお知《し》らせをもっと悲《かな》しくするためにため息《いき》をついてから、いいました。

「ピッキィピッキィをうめたの。ピッキィピッキィ、きょう死《し》んだの。」

おとうさんとおかあさんの顔《かお》にうかんでいた、おどろきと、おかしさは、たちまちショックにかわりました。二人《ふたり》の動転《どうてん》ぶりは、ラモーナの予想《よそう》をこえるものでした。ラモーナはこわくなりました。けっきょくおかあさんをひどくびっくりさせてしまったのではないでしょうか。

「まあ、あんたたちったら——」おかあさんは、目《め》に涙《なみだ》をうかべていいました。「自《じ》分《ぶん》たちだけで、ピッキィピッキィをうめるなんて。」

「どうしておとうさんが帰《かえ》ってくるまで待《ま》っていなかったんだい？」と、おとうさんがいいました。「ぼくがしてやったのに。」

「おとうさん、おかあさんを心配《しんぱい》させちゃいけないっていったじゃない」と、ビーザスがいいました。「あたしたち、おかあさんが帰《かえ》ってきて、ピッキィピッキィが死《し》んでいるのを見《み》つけてほしくなかったの。」

「すごくいいお墓《はか》つくったんだよ。葉《は》っぱでかざって、名《な》まえ書《か》いた木《き》も立《た》てたんだから」と、ラモーナはいいました。「そいで、ちゃんとお祈《いの》りもしたよ。テレビで、死《し》んだ人《ひと》のおくさんをみんながつれていくまえにするみたいに。」

おかあさんは、手《て》の甲《こう》で涙《なみだ》をぬぐっていいました。

「あんたたちみたいないい子《こ》をもって、おかあさん、幸《しあわ》せね。」

「おまえたちは、ほんとにおとうさんのじまんのたねだ。この次《つぎ》もそうだといいね」と、おとうさんがいいました。

二人《ふたり》のむすめは、おかあさんのおなかのまわりをじっと見《み》ました。たしかに、ユニフォームがきつくなっています。想像《そうぞう》だけではありません。二人《ふたり》は、目《め》をあげて、おかあさんの顔《かお》を見《み》つめました。おかあさんは、わらっていました。

「じゃ、ほんとなのね！」ビーザスは、興奮《こうふん》とうれしさではちきれそうでした。

「おかあさん、あかちゃんができるんだ。」

もしかしたら、とは思《おも》っていましたが、ラモーナは、まだ信《しん》じられない思《おも》いでした、まるで、おかあさんに魔法《まほう》がかかったみたいでした。

「それで、おかあさん、いつ？」と、ビーザスがききました。

「七月《がつ》」と、おかあさんは、はっきりいいました。

「おっと、まちがえないでくれたまえ」と、おとうさんがいいました。「あかんぼうは、おかあさんだけのものじゃないよ。ぼくたちみんなのものだ。おとうさんは、鼻《はな》高《たか》だかのおとうさんってわけだ。」

「おとうさん、さっき、あたしたちのことじまんのたねだっていったよ」と、ラモーナがいいました。

「いったとも」と、おとうさんはいいました。「でも、今度《こんど》からは、二人《ふたり》じゃなくて、三人《にん》をじまんできるわけだ。」

「それに、おかあさんがお仕事《しごと》やめるまで、あんたたち二人《ふたり》におるす番《ばん》をさせることについて、もう心配《しんぱい》しなくてもよさそうね」と、おかあさんはいいました。

「わぁーい！」と、ラモーナはさけびました。「もうケムプさんのおばあちゃんちに行《い》かなくてもいいんだ。」

けれども、同時《どうじ》に、ラモーナは、考《かんが》えていました、クインビー家《け》の三番《ばん》め？　ラモーナの心《こころ》の中《なか》は、興奮《こうふん》でいっぱいで、あれもききたい、これもききたいとぐるぐるうずまいていました。けれども、心《こころ》のおくのいちばんひみつの場所《ばしょ》で、ラモーナは、自《じ》分《ぶん》が家族《かぞく》の中《なか》のあかちゃんだという、お気《き》に入《い》りの場所《ばしょ》をうしなうのだと思《おも》わないわけにはいきませんでした。ラモーナは、おねえさんでも、妹《いもうと》でもなく、まん中《なか》になるのです。もしかしたら、新《あたら》しいねこのほうがよかったかな、とラモーナは思《おも》いました。

5 「あれ」

もうあかちゃんのニュースを知《し》ってしまったので、ビーザスとラモーナは、学校《がっこう》から帰《かえ》ってきても、けんかをせずにすみました。ごめんなさいをいいあったのと、ピッキィピッキィをいっしょにうめたことで、二人《ふたり》の仲《なか》は、これまでより親密《しんみつ》になっていました。おとうさんも、おかあさんも、放課後《ほうかご》ケムプさんの家《いえ》に行《い》くことについては、もうなんにもいいませんでした。

ラモーナは、人生《じんせい》というのはたいくつなものだと思《おも》いはじめていました。お天気《てんき》さえうっとうしく思《おも》えました——しめっぽくて、寒《さむ》くて——といっても、雪《ゆき》がふるほど寒《さむ》くはないのです。ラモーナは、朝学校《あさがっこう》へ行《い》くとき、輸入《ゆにゅう》バナナのステッカーをおでこにはってみることにしました。ビアトリスおばさんが受《う》け持《も》っている三年生《ねんせい》のクラスではやったように、それが大流行《だいりゅうこう》すればいいと思《おも》ったからです。おばさんは、ときどき、自分《じぶん》は、バナナの一団《いちだん》に教《おし》えているんじゃないかと思《おも》うわ、といっていました。でも、ラモーナのクラスの人《ひと》たちは、「あんた、なんでそんなものくっつけてんの?」とか「ばかみたい」とかいっただけでした。

そこで、ラモーナは、「あたしんち、あかちゃんが生《う》まれるの」と、発表《はっぴょう》することにしました。でも、だれも興味《きょうみ》をしめしませんでした。クラスの人《ひと》の家庭《かてい》では、あかちゃんが生《う》まれるのはふつうのことだったのです。ラモーナは、友《とも》だちの家《いえ》に行《い》ったことがあったので、あかちゃんというのが、どんなことを意味《いみ》しているか承知《しょうち》していました。

それは、ろうかには歩行器《ほこうき》があり、居間《いま》にはベビーサークルがあり、台所《だいどころ》には、子《こ》ども用《よう》の高《たか》いいすがあり、プラスチックのおもちゃが足《あし》もとにあり、小《ちい》さな服《ふく》がそこらじゅうにちらばり、ビスケットの粉《こな》がいすにくっついている、ということでした。

もちろん、こんなことでは、友《とも》だちにクインビー家《け》の新《あたら》しいあかんぼうのことで、大《おお》さわぎさせるのはむりでした。

何週間《なんしゅうかん》かたちました。ビアトリスおばさんは、ほとんど毎晩電話《まいばんでんわ》をかけてきて、お

かあさんに、からだのぐあいはどうかとたずねました。おとなの女《おんな》のきょうだいの会《かい》話《わ》は、わらいでいっぱいでした。ラモーナとビーザスには、それがふしぎでなりませんでした。あかちゃんができるって、そんなにおかしいことでしょうか。二人《ふたり》は、いわくありげな会話《かいわ》の、おかあさんの側《がわ》の返事《へんじ》から、そのわけをさぐろうと、電話《でんわ》のまわりをうろうろしました。どうやらわかったのは、ビーおばさんが、ほとんど毎週《まいしゅう》スキーに行《い》っていて、とてもいそがしいらしいことでした。でも、スキーシーズンはまもなく終《お》わります。おかあさんのいっていることは、ぜんぜん意味《いみ》が通《とお》りませんでした。

「まあ、ビー、あなたったら！」「信《しん》じられないわ、そんなことって！」「それで、マイケルはなんていったの？」「いいえ、いいえ、子《こ》どもたちにはいわないわ」などなど。

ラモーナも、ビーザスも、おかあさんが電話《でんわ》をきるやいなや、「何《なに》をあたしたちにいわないっていったの？」と、とびついて、せめたてました。

「いってしまったら、ばれてしまうもの」と、おかあさんはいいました。

「おかあさんたら！」と、ラモーナは抗議《こうぎ》しました。「いじわる。」

「ほんとよ、わざとじらして」と、ビーザスもいいました。

「わたしが？」おかあさんは、あくまでしらをきりました。「わたしが、いじわる？ わざとじらす？」

「マイケル、ビーおばさんに結婚申《けっこんもう》しこんだの？」ロマンスにあこがれているビーザスはいいました。

「わたしの知《し》るかぎりそんなことはないわ」と、おかあさんは、ますます二人《ふたり》をじらすようにいいました。

ラモーナは、じだんだをふみました。

「おかあさん、やめて！　おかあさん、ハーウィのおじさんににてきたよ。いつもいつもからかってばかりいて、わるいんだから。」

「まあ、わたしがハーウィのおじさんににてるなんて、そりゃ、たいへん。心《こころ》を入《い》れかえなくっちゃね」と、おかあさんは、まだからかう調子《ちょうし》でいいました。

ラモーナは、おかあさんに対《たい》してきびしくいいわたしました。「今《いま》すぐ入《い》れかえなさい。あたし、ひみつはいやなの、本《ほん》の中以外《なかいがい》では。」

食堂《しょくどう》のテーブルで勉強《べんきょう》していたおとうさんは、勉強《べんきょう》のじゃまになるこの会話《かいわ》がつづいている間《あいだ》じゅうしかめっつらをしていました。中間試験《ちゅうかんしけん》とかいう何《なに》かおそろしいものが、大学《だいがく》で始《はじ》まろうとしていました。おとうさんは、心配《しんぱい》して、ぴりぴりしていました。むすめたちは、おとうさんがいつもよりたくさんじょうだんをいうので、それがわかりました。おとうさんは、心配《しんぱい》になってくると、いつもじょうだんをいうのです。ラモーナが床《ゆか》に寝《ね》そべってテレビを見《み》ていると、「ラモーナがいます。バッテリーは入《はい》っていません」などというのです。

しかし、おとうさんの勉強《べんきょう》は、六月《がつ》の中旬《ちゅうじゅん》に終《お》わります。そうしたら、おとうさんは、教員免許《きょういんめんきょ》をとり、それから数週間《すうしゅうかん》したら、今《いま》は『あれ』とよばれているあかちゃんが生《う》まれるのです。それから、おとうさんは、夏《なつ》の間《あいだ》、休暇《きゅうか》をとる会計係《かいけいがかり》の代《か》わりに、ショップライトマーケットのチェーン店《てん》の一つで、会計係《かいけいがかり》として働《はたら》くのです。九月《がつ》までに、おとうさんは、ポートランドか、でなければ、少《すく》なくともこの近郊《きんこう》で、先生《せんせい》の口《くち》を見《み》つけているでしょう。おかあさんは、『あれ』のめんどうをみるために、お仕事《しごと》をやめます。これは、ラモーナにとっては、うれしいことでした。おかあさんがいないと、うちがからっぽに思《おも》えるからです。

もちろん、ビーザスもラモーナも、『あれ』が、男《おとこ》の子《こ》か女《おんな》の子《こ》か知《し》りたくてたまりませんでした。ラモーナは、男《おとこ》の子《こ》だったらいいなと思《おも》い、ビーザスは、女《おんな》だったらいいと思《おも》っていました。おとうさんとおかあさんは、どっちでもいいと思《おも》っていました。

女《おんな》の子《こ》たちは、べつのことも気《き》にしていました。『あれ』は、だれといっしょのへやに寝《ね》るんだろう？　おかあさんは、いつまで『あれ』のめんどうをみるためにうちにいるんだろう？

ラモーナは、おかあさんがいつまでもうちにいてくれるといいな、と思《おも》いました。あかんぼうは、あまり手《て》がかかりません。ほとんど一日《にち》じゅう寝《ね》ていますから。もしかしたら、おかあさんは、時間《じかん》を見《み》つけて、ラモーナのスカートや、ジーンズのすそをおろしたり、ちょっとしたクッキーを焼《や》いたりしてくれるかもしれません。

ビーザスは、学校《がっこう》に行《い》かないで、ずっとうちにいて、自分《じぶん》で『あれ』の世話《せわ》ができたらいいのに、と思《おも》っていました。でも、ビーザスには、のぞみがありました。おかあさんは、おとうさんに仕事《しごと》が見《み》つかって、『あれ』が数《すう》か月《げつ》になったら、大学《だいがく》の夜《や》間《かん》コースに通《かよ》いたいといっていました。

「そしたら、あたし、おかあさんが学校《がっこう》に行《い》ってる間《あいだ》、『あれ』のめんどうみてあげる」と、ビーザスはいいました。

「『あれ』っていうのは、たくさんだ。ぼくの子《こ》どもは、一人《ひとり》も『アレ・クインビー』なんてよばせない。考《かんが》えてもごらん。先生《せんせい》が出席《しゅっせき》をとるとき、『アレさん』なんていったら、みんながどんなにわらうか。おまえたちだって、新《あたら》しい妹《いもうと》か弟《おとうと》をしょうかいするのに、『これが、あれです』なんていったらどんな気《き》がする？　それに、人《ひと》がブレッドプディングや、くだらないテレビ番組《ばんぐみ》のことを『ぼくは、あれはきらいだ』っていったら、『あれ』がどんなにきずつくか。」

みんなは、もちろん、あかちゃんは、ちゃんとした名《な》まえがなければいけないと思《おも》っていました。ロバート・クインビー・ジュニア？　もしかして、その子が男《おとこ》だったら。おかあさんは、あかんぼうには、自分《じぶん》の名《な》まえをつける必要《ひつよう》はない、といっていました。なぜなら、ドロシーという自分《じぶん》の名《な》まえはすきではなかったからです。ラモーナは、男《おとこ》だったら、アストン・マーチンというのがいいな、と思《おも》いました。どこかでその名《な》まえを聞《き》いて、すてきだな、と思《おも》ったのです。ビーザスは、男《おとこ》ならゲーリーとかバートのほうがいい、女《おんな》ならエイプリル（四月《がつ》）がいいと思《おも》いました。ただ、『あれ』は、七月《がつ》に生《う》まれてくるので、この名《な》まえをつけることはできません。しばらくして、おとうさんが、ドラッグストアーから、「あかちゃんの名《な》まえ」というパンフレットをもらってきました。それには、名《な》まえのリストとその意味《いみ》がのっていました。ラモーナは、すぐに自分《じぶん》の名《な》まえのところを見《み》つけて、ラモーナというのは「かしこい助《たす》け手《て》」という意味《いみ》だということを発見《はっけん》しました。なんてつまんない名《な》まえ、とラモーナは思《おも》いました。そして、名《な》まえのせいで自分《じぶん》が『あれ』のおむつをかえたりするのを手伝《てつだ》うだろうとみんなに期待《きたい》されてはたまらない、と思《おも》いました。

一方《いっぽう》、ビーザスは、自分《じぶん》の名《な》まえのビアトリスが「天国《てんごく》の人《ひと》」という意味《いみ》だとわかってわらいました。「ウイ――！」ビーザスは、両腕《りょううで》をつばさのようにぱたぱたやりながら、へやじゅうをとびまわりました。ビーザスのお肌《はだ》は、だいぶよくなっていました。おかげで、何《なに》につけてもうれしかったのです。

女《おんな》の子《こ》たちは、二人《ふたり》して、パンフレットを調《しら》べました。ぜんぜんだめな名《な》まえもたくさんありました。「すぐれた人《ひと》」という意味《いみ》のフィルバートは、クインビーにあうように思《おも》われました。でも、学校《がっこう》では、変人《へんじん》とよばれるでしょう。ビーザスは、エイブラードという名《な》まえが、「ロマンチックなヒーロー」という意味《いみ》なのですてきだと思《おも》いました。でも、ラモーナに、学校《かっこう》でみんなにラード（ぶたのあぶら）とよばれるよ、といわれてしまいました。ビーザスはまた、ローレライというのが「ロマンチックな美女《びじょ》」という意味《いみ》で女《おんな》の子《こ》にいいといいました。でも、ラモーナに、たちまち「ローレライアー、ローレのうそつき、パンツに火《ひ》がつき、アッチッチ」と、いわれてしまいました。

ラモーナは、女《おんな》の子《こ》にはグエンドリンという名《な》がいい、と思《おも》いました。なぜなら、それは「公平《こうへい》」という意味《いみ》だったからです。ラモーナは、もし、妹《いもうと》ができるなら、その子《こ》にはいつも公平《こうへい》でいてほしい、と思《おも》いました。

NAMES FOR YOUR BABY

おとうさんは、めったにないような、気《き》どった名《な》まえをいろいろあげました。たとえば、アルフォンソ・ホレイショとか、クラリンダ・ヘプチバーとか、クエンティン・クエンシー・クインビーとか、です。でも、女《おん》の子《な》たちは、これを本気《ほんき》にしませんでした。おとうさんは、心配《しんぱい》しているからじょうだんをいっているのです。

「もし、『あれ』が、ふたごだったらどうするの？」ラモーナがそういったので、問《もん》題《だい》はまったく新《あたら》しいものになりました。ラモーナは、もう一度《ど》パンフレットを読《よ》みなおしました。ポールとポーリン？　ボリスとドリス？　ジェラルドとジェラルディン？

「でも、女《おんな》の子《こ》二人《ふたり》か、男《おとこ》の子《こ》二人《ふたり》ってこともあるわよ」と、ビーザスがいいました。

「アビーとガビー。ピーターとモスキーター」と、おとうさんがいいました。

「おとうさんたら、へんなことばっかりいうんだから」と、ラモーナはいいました。

おとうさんのじょうだんがすぎると、きっぱりとたしなめるのはいつもラモーナでした。

おかあさんは、ジェーンとか、ジョンとかいうふつうの名《な》まえでどうしていけないの、といいました。なにもいけないことなんかありません。むすめたちもそれはわかっていました。でも、ちょっとかわった名《な》まえをさがすほうが、おもしろかったのです。さがしているうちに、二人《ふたり》は、ホバートというのが「かしこい」という意《い》味《み》だということを発見《はっけん》しました。でも、もちろん、二人《ふたり》は、自分《じぶん》たちのあかちゃんにハーウィのおじさんの名《な》まえをつけるつもりはありませんでした。

やっとのことで、『あれ』は、アルジーとよばれることになりました。おかあさんのおなかが大《おお》きくなって、ふつうの服《ふく》が着《き》られなくなり、マタニティードレスを着《き》るようになると、おとうさんは、こんな歌《うた》をうたいました。

アルジーちゃん、お散《さん》歩《ぽ》にでかけた
アルジーちゃん、くまにであった

くまさんのおなかは、パンパンパン
なかにアルジーがいたからよ

おかあさんは、いいました。

「もし、男《おとこ》の人《ひと》があかちゃんを産《う》むんだったら、こんなふうにちゃかしたりしないでしょうよ。」

とはいうものの、おかあさんは、わらって、そのときから、新《あたら》しいあかちゃんのことをアルジーとよぶようになりました。女《おんな》の子《こ》たちは、アルジーが、アルジェノンの略《りゃく》だと聞《き》くと、パンフレットでそれを調《しら》べ、それが「勇気《ゆうき》のある」という意味《いみ》だと知《し》りました。

「もちろん、あたしたち、ほんとうにアルジェノンという名《な》まえをつけるわけにはいかないわ」と、実際的《じっさいてき》なビーザスはいいました。「学校《がっこう》へ行《い》ったら、みんなのわらいものになるわ。だって、そんな名《な》まえ、古《ふる》い本《ほん》の中《なか》にしかでてこないもの。」

名《な》まえさがしをたのしむほかに、おかあさんとビーザスは、ベビー用品《ようひん》のセールがないか気《き》をつけていました。ビーザスからのおさがりだった、おむつは、もうとっくにぞうきんになってなくなっていました。ラモーナは、なくなってよかった、と思《おも》いました。自分《じぶん》がかつておむつをしていたことなど思《おも》いだしたくはありませんでした。

「テレビにでてくるあかちゃんは、使《つか》いすてのおむつをつかってるよ」と、ラモーナは、おかあさんに教《おし》えてあげました。

「高《たか》くつきすぎるわ」と、おかあさんはいいました。

クインビー家《け》でいり用《よう》なものは、何《なに》によらず高《たか》すぎるようでした。まだおとうさんに面接《めんせつ》に来《く》るようにといってきたところはありませんでした。

「もしかしたら、ぼくも、あの金持《かねも》ちおじさんみたいに、サウジアラビアに行《い》かなきゃならんかもしれんね。そこで、昼《ひる》も夜《よる》も働《はたら》いて、たんまりもうけないと、来《く》る請求《せいきゅう》書《しょ》と月賦《げっぷ》のお金《かね》を全部《ぜんぶ》はらって、修理代《しゅうりだい》で身代《しんだい》を食《く》いつぶすような車《くるま》じゃない車《くるま》を買《か》うことはできんかもしれんなあ」と、おとうさんは考《かんが》えこみながらいいました。これは、じょうだんだと、二人《ふたり》のむすめは信《しん》じました。

「ボッブ、おねがいだから、もっとまじめに考《かんが》えてよ」と、おかあさんはいいました。

「エンジニアの経験《けいけん》もないくせに。」

おかあさんは、運動《うんどう》をする必要《ひつよう》があったので、夜《よる》の散歩《さんぽ》にでかけました。

ラモーナは、おかあさんについていきました。ないしょで話《はな》したいことがあったからです。つぼみがふくらんできた木《き》の下《した》を通《とお》りかかったとき、ラモーナは口《くち》を開《ひら》きました。

「アルジーが来《き》たら、あたし、もうあかちゃんじゃなくなるね。」

「そのとおりよ」と、おかあさんはいいました。「おまえは、おかあさんのまん中《なか》の子《こ》になるの。そして、おかあさんの心《こころ》のまん中《なか》にとくべつの場所《ばしょ》をしめることになるのよ。それに、アルジーが来《き》たら、おかあさん、おうちにいるようになるから、そうしたら、ラモーナとも、もっといっしょにいられるわ。そのころまでには、おとうさんも先生《せんせい》の口《くち》が決《き》まっているでしょうから。」

ラモーナは、これを聞《き》いてほっとしました。二人《ふたり》は、しばらくだまったままで歩《ある》きました。それから、ずっと気《き》にしていたことをきいてみました。「アルジーがおなかにいると、いたい？」

おかあさんの笑顔《えがお》は、ラモーナを安心《あんしん》させてくれました。

「いいえ、いたくはないわ。ただ、アルジーはおかあさんのおなかをけることはけるけど。」

おかあさんは、ラモーナの手《て》をとって、アルジーのはいっているおなかにあてました。すると、たしかに、アルジーがけるのが感《かん》じられました。ほんのかすかな、ちょうちょの羽《はね》がゆれたくらいでしたが。ラモーナは、この小《ちい》さな一《ひと》けりの奇跡《きせき》におどろ

いて、口《くち》もきけなくなり、うちまでずうっとだまって帰《かえ》りました。

おとうさんは、週末《しゅうまつ》、冷凍食品《れいとうしょくひん》の倉庫《そうこ》で、ダブルシフトで働《はたら》きはじめました。おとうさんが、あまりくたびれて見《み》え、がっかりしているようなので、むすめたちは気《き》が気《き》でありませんでした。どこか、どこかに、おとうさんに来《き》てもらいたいという学校《がっこう》があるはずです。世《よ》の中《なか》に不幸《ふこう》な両親《りょうしん》よりわるいものは、ありません。ほんとうです。両親《りょうしん》が不幸《ふこう》だと、世界中《せかいじゅう》がうまくいかなくなるように思《おも》えます。お天気《てんき》さえわるくなって、いつもより雨《あめ》が多《おお》いように思《おも》えましたが、それは、二人《ふたり》の思《おも》いすごしかもしれません。オレゴン州《しゅう》のこのあたりは、雨《あめ》が多《おお》いことで有名《ゆうめい》なのです。

そして、ある日《ひ》、ついに手紙《てがみ》がきました。南《みなみ》オレゴンの、だれも聞《き》いたことのない町《まち》で、一つしか教室《きょうしつ》のない学校《がっこう》で、一年生《ねんせい》から八年生《ねんせい》まで全学年《ぜんがくねん》を教《おし》えてほしいという申《もう》し出《で》がきたのです。ビーザスは、車《くるま》に走《はし》っていって、道路地図《どうろちず》を持《も》ってきました。

そして、地図《ちず》の中《なか》にその町《まち》を見《み》つけると、「すごく遠《とお》いとこだ」と、いいました。「どこからも、何《なん》マイル（一マイルは約《やく》一・六キロメートル）もはなれている。地図《ちず》の赤《あか》い線《せん》の上《うえ》にもないんだよ。白黒《しろくろ》の線《せん》のとこ、もうアイダホに近《ちか》いとこだよ。」

「そんなところに何《なに》があるの？」と、おかあさんはいいました。おかあさんは、おとうさんといっしょで生《う》まれてからずうっとオレゴンでくらしてきましたが、州《しゅう》の中《なか》でも、そんなはしっこには行《い》ったことがありませんでした。

「おそらくヤマヨモギってところかな」と、おとうさんは自信《じしん》なさそうにいいました。

「ネズの木《き》、溶岩《ようがん》、ほんとのことといってわからんね。」

「ひつじがいるって学校《がっこう》で習《なら》ったわ」と、ビーザスがいいましたが、そんなことを知《し》っているのが、うれしくないみたいでした。

「ポートランド公立学校《こうりつがっこう》、ばんざい」と、おとうさんはいいましたが、うれしがっているふうではありませんでした。

「子《こ》ひつじはかわいいよ」と、ラモーナはいってみました。おとうさんが今度《こんど》の就職《しゅうしょく》口《ぐち》について、少《すこ》しは気分《きぶん》がよくなるように、と思《おも》ったのです。

「でも、わたしたちの家《いえ》、それに、生《う》まれてくるあかちゃん」と、おかあさんはいいました。

引《ひ》っこしをしなければならないなんて、だれも考《かんが》えていませんでした。

「それに、ピッキィピッキィのお墓《はか》」と、ラモーナがこの上《うえ》なく悲《かな》しそうな顔《かお》でいいました。「ピッキィピッキィのお墓《はか》をおいていかなきゃならないわ。」

「もし、ぼくがひとり者《もの》だったら、そんな小《ちい》さな学校《がっこう》で、一、二年《ねん》教《おし》えるのもたのしいなと思《おも》ったかもしれないが」と、おとうさんは考《かんが》えていることを、口《くち》にだしていいました。

でも、もうあたしたちがいるよ、とラモーナは思《おも》いました。それに、あたし、ハーウィや、学校《がっこう》のお友《とも》だちや、ビーおばさんや、そのほかやさしい近所《きんじょ》の人《ひと》みんなとははなれるのいやだな。

「まるで、『*大《おお》きな森《もり》の小《ちい》さな家《いえ》』みたい。ひつじがいることだけはちがうけど」と、ビーザスがいいました。

「ねぇ、ボッブ――」と、おかあさんはためらいながらいいました。「もし、あなたが、このお仕事《しごと》を受《う》けるおつもりなら、この家《いえ》、だれかに貸《か》すことできるわ。ビーザスたちにとっても、小《ちい》さな町《まち》の生活《せいかつ》は、おもしろい経験《けいけん》になるかもしれないし、そのうちに市内《しない》でお仕事《しごと》が見《み》つかるでしょう。」

知《し》らない人《ひと》が、このうちに来《く》るなんて。お行儀《ぎょうぎ》のわるい子《こ》が、あたしのへやに入《はい》って、かべにクレヨンで落書《らくが》きするんだ。ねぇ、おとうさん、おねがい。おねがいだから、この話《はなし》ことわって、とラモーナはこぶしをにぎりしめて思《おも》いました。

おとうさんは、すわって、ボールペンのはしで、歯《は》をたたいていました。のこりの家族《かぞく》は、自分《じぶん》の身《み》の上《うえ》におこる変化《へんか》を考《かんが》えながら、じっと答《こた》えを待《ま》っていました。

「高速道路《こうそくどうろ》はなし。あるのは青空《あおぞら》と広《ひろ》いスペース」おとうさんは、考《かんが》えていることをいちいち口《くち》にだしているようでした。

「ここにだって青空《あおぞら》はあるよ、雨《あめ》のふってないときは」と、ラモーナはいいました。「大《おお》きな図書館《としょかん》はないんだ。もしかしたら、図書館《としょかん》ぜんぜんないのかも」と、ビーザスがいいました。

おかあさんは、おとうさんのおでこにキスをして、「四、五日《にち》、考《かんが》えたらどうかしら？　一つ来《き》たんだから、仕事《しごと》の口《くち》は、まだあるかもしれないでしょう。」

「そりゃ、いい考《かんが》えだ。だが、安定《あんてい》した収入《しゅうにゅう》はどうしてもいる。それも、すぐにだ」おとうさんは、アルジーのはいっているおなかのふくらみをポンポンとたたきながら、そう宣言《せんげん》しました。

「おとうさん」と、ラモーナは思《おも》いきっていいました。「もし、その学校《がっこう》に行《い》かないんなら、あたしたちをおいて、あのアラビアンナイトの国《くに》へ行《い》かないって、約束《やくそく》して。」

「アルジーが生《う》まれないうちは行《い》かないよ」といって、おとうさんは、ラモーナをだ

＊『大《おお》きな森《もり》の小《ちい》さな家《いえ》』……ローラ・インガルス・ワイルダーの自伝的《じでんてき》な作品《さくひん》。アメリカ開拓時代《かいたくじだい》の家族《かぞく》の生活《せいかつ》を描《えが》いたシリーズで、アメリカでも日本でも人気《にんき》の物語《ものがたり》。

きしめました。「どっちにしても、ラクダというのは、つばをはくらしいね。」

「ハーウィのホバートおじさんがしてたみたいに」と、ラモーナはいいました。

なぜか、家族全員《かぞくぜんいん》、少《すく》なくとも、一つの学校《がっこう》はおとうさんをほしがったことがわかったので、ほっとしました。おとうさんが、その学校《がっこう》に行《い》きたいかどうかはわかりませんでしたが。

6 おどろきもものき

　ハーウィは、ホバートおじさんがもうそろそろサウジアラビアに帰《かえ》ってくれたらなあ、そしたらまた自分《じぶん》のへやで寝《ね》ることができるのに、と思《おも》っていました。ハーウィは、毎日《まいにち》、学校《がっこう》が終《お》わると、自転車《じてんしゃ》と一輪車《いちりんしゃ》を持《も》って、クインビー家《け》にやってきました。ビーザスは、あれ以来《いらい》一度《ど》も、ラモーナがうちのまわりで自転車《じてんしゃ》に乗《の》ることに反《はん》対《たい》しませんでした。

ラモーナは、もし、自分《じぶん》たちがひつじのいるところへ引《ひ》っこしていかなければならなくなったら、ハーウィに会《あ》えなくなってどんなにさびしいだろう、と思《おも》いました。

「もしかしたら、あたしたち、南《みなみ》オレゴンに引《ひ》っこしてしまうかもしれないの」と、ラモーナは、うちあけました。

「ヘェー、それっていいかすじゃん」と、ハーウィはいいました。「あそこらへんじゃ、野生《やせい》の馬《うま》がいるんだぜ。もしかしたら、おまえ、おれに一頭《とう》送《おく》ってくれるよな。」

ラモーナは、腹《はら》が立《た》ちました。ハーウィは、自分《じぶん》とはなれることをなんとも思《おも》っていないのです。

「もし、つかまえたって、あんたには送《おく》ってやらないよ」と、ラモーナはいいました。

ハーウィは、ラモーナの気持《きも》ちがわかりました。「おれ、おまえがいなくなってもさびしくないっていうつもりじゃなかったんだ。ただ、どうしても引《ひ》っこさなきゃならないんなら、そいで、馬《うま》がかんたんにつかまるんなら、って思《おも》っただけさ。」

しょっちゅう郵便受《ゆうびんう》けを見《み》ても、おとうさんに来《き》てほしいという学校《がっこう》からの手紙《てがみ》はこなかったので、ラモーナは、クリッキタット通《どお》りから引《ひ》っこすことは、いよいよほんとうになりそうだと覚悟《かくご》しました。

ある午後《ごご》、まだハーウィが来《こ》ないうちに、電話《でんわ》が鳴《な》りました。ラモーナがビーザスをおさえて、さきに電話《でんわ》をとりました。

「ラモーナ？」それは、ウィラジーンでした。

「ウィラジーン！」ラモーナは、びっくりしました。「知《し》らなかったわ、あんたが電《でん》話《わ》かけられるなんて。」

「ホバートおじさんが教《おし》えてくれたの」と、ウィラジーンは説明《せつめい》しました。「ラモーナ、またうちへ来《き》て、あたしと遊《あそ》んで。おねがい、おばあちゃんと二人《ふたり》だけじゃ、さびしいんだもの。」

ラモーナは、悲《かな》しいような、申《もう》しわけないような気《き》がしました。「ごめんね、ウィラジーン。あたし、行《い》けないの。ホバートおじさんが遊《あそ》んでくれるんじゃない？」

「おじさんは、あまりうちにいないんだもの。ガールフレンドがいるし、それにおじさんはおとなだから。」

「わかるわ」と、ラモーナはこたえました。といっても、ホバートおじさんがおとなだということはわかるという意味《いみ》で、おじさんにガールフレンドがいるということを知《し》っていたわけではありません。

「さよなら。」ほかに何《なに》もいうことがなかったので、ウィラジーンは電話《でんわ》をきりました。

ラモーナは、ため息《いき》をつきました。近所《きんじょ》じゅうでいちばん小《ちい》さい子《こ》であるということがどんなことか、身《み》におぼえがあります。まだ幼稚園《ようちえん》に行《い》っていたころ、このあたりで、豆台風《まめたいふう》とよばれていたころのことを、ラモーナはよくおぼえていました。おかあさんが働《はたら》きにいかなくなったら、ハーウィにウィラジーンをつれてきて、ここでいっしょに遊《あそ》んだらといってみようか、とラモーナは思《おも》いました。おとなたちがみんないうように、ウィラジーンは、保育園《ほいくえん》に行《い》くようになってから、見《み》ちがえるほどおりこうさんになりました。そう思《おも》っていないのは、ケムプさんのおばあちゃんだけです。おばあちゃんは、ウィラジーンは、はじめっから、文句《もんく》なしのおりこうさんだと思《おも》っているのです。

次《つぎ》の日《ひ》の朝《あさ》、ラモーナは、バスで、ハーウィのとなりにすわりました。

「ウィラジーンがいってたけど、ホバートおじさんにガールフレンドがいるんだって。」

「そうなんだ。どっかの学校《がっこう》の先生《せんせい》だって。」

ハーウィは、ぜんぜん興味《きょうみ》がなさそうでした。

おそろしい疑惑《ぎわく》が、ラモーナの頭《あたま》をよぎりました。

「なんの先生《せんせい》?」と、ラモーナはききました。

「わかんない」と、ハーウィはこたえました。「なんだかすごいひみつみたいにしてるんだ。きっとその人《ひと》、頭《あたま》が二つあるかなんかじゃないの。」

ラモーナは、学校《がっこう》に着《つ》くまで、無言《むごん》でした。エレベーターに乗《の》って、下《した》へさがっていくときいつも感《かん》じる、あのしずみこんでいくような、いやーな気分《きぶん》でした。ラモーナには、わかりました――ただわかったのです――ハーウィのおじさんが、自分《じぶん》のおばさんとデートしていることが。なんでそれがわかったのかはわかりませんが、とにかくわかったのです。

その日《ひ》の放課後《ほうかご》、ラモーナは、ビーザスにこのおそろしいひみつをうちあけました。すると、ビーザスはいいました。

「あら、そんなことあるはずないわ――ビアトリスおばさんとホバートおじさんが。」

けれども、そのいい方《かた》が、あまりうたがい深《ぶか》そうだったので、ラモーナは、ビーザスも、もしかしたら、その可能性《かのうせい》はあると思《おも》っているのかもしれない、と思《おも》いました。

「もしかしたら、それが大《おお》きなひみつなのかもしれないわね。おかあさん、わたしたちがホバートおじさんのことすきじゃないって知《し》ってるから、教《おし》えたくなかったのかもしれないわ。わたしたちが、ビアトリスおばさんに何《なに》かいうかもしれないって。」

「ふうーん。でも、ホバートおじさんは、どっちみちサウジアラビアへ帰《かえ》るんでしょ。そしたら、いなくなるもの」と、ラモーナはいいました。

「マイケルは、どうなっちゃうのかしら？」と、ビーザスは思《おも》っていることを声《こえ》にだしました。

それからしばらくたったある日曜日《にちようび》、おかあさんは、女《おんな》の子《こ》たちに、夕《ゆう》ごはんのテーブルに二人分余分《ふたりぶんよぶん》に席《せき》をつくっておくようにといいました。

「だれが来《く》るの？」と、ラモーナがききました。

「ビーおばさんとお友《とも》だち」とこたえて、おかあさんはにっこりしました。

「お友《とも》だちって、だれ？」と、女《おんな》の子《こ》たちはそろってききました。

「ただのお友《とも》だちよ」というのが、おかあさんのじれったい答《こた》えでした。

「男《おとこ》の人《ひと》？」と、ビーザスがききました。

「いいこと、おかあさんは今《いま》あなたたちとあてっこゲームをしているひまはないの。」

おかあさんは、そういうと、ガス台《だい》の上《うえ》にのっているものに注意《ちゅうい》を向《む》けはじめました。

「男《おとこ》の人《ひと》よ」と、ラモーナは確信《かくしん》をもっていいました。「ハーウィのおじさんよ。」

「どうして知《し》ってるの？」おかあさんは、不意《ふい》をつかれたようでした。

「まあね、小鳥《ことり》が教《おし》えてくれたの。」

ラモーナは、おとなの人《ひと》がやるように、うんとじらすようないい方《かた》でいいました。

ビーザスは、カンカンでした。

「ビーおばさん、あんないやらしい人《ひと》を、ここへつれてくるっていうの？　おばさん、どうやってあいつと知《し》りあったの？」

「ハーウィのおじさんは、高校《こうこう》のときからビーおばさんのこと知《し》っていて、ハーウィのおかあさんに、ビーおばさんどうしてるってきいたの。それで、ハーウィのおかあさんが電話《でんわ》かけていらして、妹《いもうと》さん、うちの弟《おとうと》のことおぼえていらっしゃるかしらって、おききになったの。だから、おかあさん、おぼえてるわよっていって。それから、おじさんがビーおばさんに電話《でんわ》して、そして、今夜《こんや》うちへお夕食《ゆうしょく》に来《く》ることになったの。」

ああ、あのなんだか思《おも》わせぶりな電話《でんわ》は、みんなこういうことだったんだ、とラモーナは思《おも》いました。

「ふん、ホバートおじさん、うちではそこらじゅうにつばをはかないでもらいたいね」と、ラモーナはいいました。

「そんなことをいうもんじゃありません」と、おかあさんはいいました。本気《ほんき》でした。ラモーナは、お客《きゃく》さまが到着《とうちゃく》したとき、まっさきに玄関《げんかん》へむかえにでました。そこにはまちがいなく二人《ふたり》――ビーおばさんとホバートおじさんが立《た》っていました。

「こんばんは、ラモーナ」ホバートおじさんは、背広《せびろ》にネクタイをしめ、あごには、きれいに形《かたち》をととのえたあごひげをはやしていました。そして、ラモーナに、まるで同《おな》い年《どし》の人《ひと》に話《はな》しかけるようにあいさつしました。

ラモーナは、無愛想《ぶあいそう》にこたえました。「ケムプさん、どうしてまだここにいるんですか？」

ハーウィのおじさんなので、ラモーナにしても、ホバートおじさんとよぶのが自然《しぜん》だったのですが、そんなよび方《かた》はぜったいにしてやるものか、とラモーナは思《おも》っていました。

「ラモーナ！」おかあさんは、するどい声《こえ》でたしなめました。そして二人《ふたり》に「さあ、どうぞお入《はい》りになって」といい、「ラモーナにはかまわないでちょうだい」と、いいました。

ビーおばさんはわらって、「ホバートとわたしは、高校時代《こうこうじだい》の友情《ゆうじょう》を新《あら》たにしたの」と、いいました。

「この人《ひと》、まだつばはくの？」と、ラモーナは、おかあさんに聞《き》こえないように、下《した》を向《む》いていいました。

「じゅうたんの上《うえ》には、はかないよ」と、ホバートおじさんも下《した》を向《む》いて小《ちい》さな声《こえ》でこたえました。

でも、このやりとりは、おかあさんの耳《みみ》には聞《き》こえていました。

「ラモーナ、あなた、自分《じぶん》のおへやに行《い》きたいの？」

「行《い》きたくない」ラモーナは、ぶうっとふくれました。わたしたちが、ひつじのくにに引《ひ》っこししたら、ビーおばさん後悔《こうかい》するだろうな。収穫感謝祭《しゅうかくかんしゃさい》や、クリスマスにどこへ行《い》くんだろう？　ラモーナは、想像力《そうぞうりょく》のひろがるのにまかせて、ビーおばさんが、アパートで、一人《ひとり》さびしく冷凍《れいとう》のチキンパイを食《た》べているところを思《おも》いえがきました。

夕食《ゆうしょく》が始《はじ》まったとき、ラモーナはホバートおじさんの向《む》かいにすわりました。おとなたちがしゃべったり、わらったりしている間《あいだ》、ラモーナは、じっとお皿《さら》を見《み》つめていました。そして、会話《かいわ》がちょっととぎれたとき、この情況《じょうきょう》のもとでは、、もっとも礼儀正《れいぎただ》しくこうたずねました。

「ケムプさん、もうすぐサウジアラビアにお帰《かえ》りになるんでしょう？」

おじさんは、とてもいい笑顔《えがお》でにっこりしていいました。

「どうしたんだい、ラモーナ、ぼくをおっぱらいたいのかい？」

ラモーナは、お皿《さら》に目《め》を落《お》としました。

「ほんとのことをいうとね、ぼくは、もうこれっきりサウジアラビアへは行《い》かないんだ。アラスカに行《い》くんだよ」と、ホバートおじさんはラモーナにいいました。

少《すく》なくとも、どっかへは行《い》くんだ。

「だから、ひげをはやしたんだ。アラスカは、冬《ふゆ》は寒《さむ》いし、夏《なつ》は蚊《か》がいっぱいなんでね」と、おじさんは説明《せつめい》しました。

「ふうん」と、ラモーナはいいました。

「もちろん、女の人《おんなのひと》はひげをはやすわけにはいかないんでね。だから、女の人《おんなのひと》は、夏《なつ》にはあっちこっちひっかかなきゃならないのさ」と、ホバートおじさんはいいました。

ラモーナは、わらってやりませんでした。

カロリーのことに気《き》をつけているおかあさんをのぞいて、みんながデザートを食《た》べおえ、おとなはコーヒーを飲《の》んでいるとき、ラモーナは、もう自分《じぶん》のおへやにさがってもいいですか、ときこうとしました。そのとき、ホバートおじさんが単刀直入《たんとうちょくにゅう》にこうきりだしたのです。

「ラモーナ、君《きみ》、ぼくがおじさんになることをどう思《おも》う?」

ラモーナは、顔《かお》がまっかになるのを感《かん》じました。こんな質問《しつもん》にびっくりして、こまってしまいました。できたら、いいえ、おことわりします、といいたいところでした。

でも、そんなことをいったら、おとなたちは、ラモーナのことを不作法《ぶさほう》な子《こ》だと思《おも》うでしょう。そこで、「今《いま》でも、ハーウィとウィラジーンのおじさんでしょう」と、いいました。

「ぼくは、めいっ子《こ》を二人《ふたり》ばかり、レディメイド*でほしいんだがなあ」と、ホバートおじさんはいいました。

ラモーナは、質問《しつもん》の意味《いみ》を理解《りかい》していませんでした。「けど、どうやったら、あたしのおじさんになれるんですか?」

「べつにたいしたことじゃないんだ」と、おじさんはいいました。「君《きみ》のビーおばさんと結婚《けっこん》すればいい、それだけさ。」

ラモーナは、いすにしずみこんで考《かんが》えました。まったく、なんてばかだったんだろう?

ビーおばさんが、わらいをかみころそうとしているのがわかりました。それを見《み》て

*レディメイド……できあい、既製《きせい》のもの。

ラモーナは、ますますいやな気《き》がしました。

「それって……」と、ビーザスがいいかけました。

ビーおばさんは、こらえきれずにワッとわらいだしました。

「ホバートとわたしは、二週間以内《しゅうかんいない》に結婚《けっこん》するの、そして、すぐアラスカへ発《た》つの。アラスカにも油田《ゆでん》があるの、知《し》ってるでしょ。」

ラモーナは、ホバートおじさんに向《む》かって顔《かお》をしかめてみせました。どうして、おじさんは、正面《しょうめん》からまっすぐ、ぼくとビーおばさんは結婚《けっこん》することになった、といわないのでしょう。おとうさんもおかあさんも、にこにこしていました。二人《ふたり》ともこのことはずうっと知《し》っていて、ひとこともいってくれなかったのです。うらぎり者《もの》！

ラモーナは、まるで自分《じぶん》の世界《せかい》がバラバラになっていくような気《き》がしました――ビーおばさんはアラスカへ、自分《じぶん》たちの家族《かぞく》は、知《し》らない人《ひと》たちのところへ、ヤマヨモギとひつじのくにへと散《ち》って行《い》くのです。

「けど、ビーおばさん、アラスカで何《なに》するの？」と、ビーザスがききました。

「氷《こおり》をわって、さかなをとるのさ。それから、二人《ふたり》のためにイグルー*をつくるのさ」

と、ホバートおじさんがいいました。

「この人《ひと》のいうこと本気《ほんき》にしちゃだめよ。わたしは、先生《せんせい》をするつもり。申《もう》しこみ書《しょ》

*イグルー……イヌイット語《ご》で家《いえ》の意味《いみ》。氷《こおり》のかたまりでつくる半球形《はんきゅうけい》の住《す》まい。

を送《おく》っておいたら、受《う》けいれるって電報《でんぽう》がきたの。」

とつぜん、ラモーナは、家族《かぞく》の問題《もんだい》をすべて解決《かいけつ》するみちを見《み》つけました。

「ねえ、ねえ、ビーおばさん」と、ラモーナは興奮《こうふん》してさけびました。「おばさんがポートランドで教《おし》えないんなら、おとうさんがおばさんの代《か》わりに先生《せんせい》になれるじゃない。」

テーブルは、一瞬《いっしゅん》しずかになりました。

「それは、むりだと思《おも》うわ」と、ビーおばさんがやさしくいいました。「わたしの代《か》わりは、採用《さいよう》されないの。うちの学校《がっこう》は、来年子《らいねんこ》どもの数《かず》がへるもんだから。」

「そうなの」と、ラモーナはいいました。それ以上何《いじょうなに》もいうことがありませんでした。いい考《かんが》えだと思《おも》ったのに、なんにもなりませんでした。

沈黙《ちんもく》はビーザスによってやぶられました。ビーザスは、夢《ゆめ》みごこちでいいました。

「ああ、ビーおばさん！　結婚式《けっこんしき》をするのねえ！」

「わたしたち、式《しき》も披露宴《ひろうえん》もしないつもりなの」と、ビーおばさんはいいました。「時《じ》間《かん》がないの。だから、市役所《しやくしょ》に届《とど》けだけだしにいくの。」

「だけど、ビー、そんなわけにはいかないわ」と、おかあさんががっかりしていいました。「結婚式《けっこんしき》は、おめでたいことなんだし、花嫁《はなよめ》の家族《かぞく》からのおくりものなのよ。」

「でも、本式《ほんしき》の結婚式《けっこんしき》をあげているひまはないんですもの」と、ビーおばさんはいいはりました。「おとうさんは、南《みなみ》カリフォルニアのモービルホームにいて結婚式《けっこんしき》を準《じゅん》備《び》するわけにはいかないし、おねえさんは、もうすぐあかちゃんが生《う》まれる身《み》で、結《けっ》婚式《こんしき》をとりしきることなんてできないでしょう。」

「ビーおばさん！」と、ビーザスが泣《な》き声《ごえ》をあげました。「なんとかやれるはずよ。おかあさんは結婚式《けっこんしき》をあげたのに、おばさんは市役所《しやくしょ》で届《とど》けをだすだけで、＊ブライドメイドもなんにもないなんて、そんなの不公平《ふこうへい》よ。」

おかあさんは、しんみりした調子《ちょうし》でいいました。「わすれないで——わたしが結婚《けっこん》

＊ブライドメイド……花嫁《はなよめ》に付《つ》き添《そ》う女《おんな》の子《こ》。

したときは、デイおばあちゃんがまだ生《い》きていたの。おばあちゃんが何《なに》もかもやってくれたのよ。」

「男《おとこ》は、この際《さい》、役《やく》に立《た》たないのかね？」と、ホバートおじさんがいいました。「ぼく自身《じしん》は、市役所《しやくしょ》で届《とど》けをだすだけってのは、あんまりすきじゃないな。何《なに》かよせあつめて、式《しき》らしいものをでっちあげられないかなあ？」

ふーんだ、とラモーナはしかめっつらをして思《おも》いました。あんたは、なんでもめちゃくちゃにするんだから。

「でもねえ、結婚式《けっこんしき》って、そんなにかんたんなものじゃないのよ」と、おかあさんがいいました。おかあさんは、いすをずらして、アルジーのふくらみの上《うえ》に腕《うで》をのせて休《やす》めました。「よせあつめて、でっちあげるってわけにはいかないわ。」

「ナンセンス」と、ホバートおじさんはいいました。「女《おんな》の人《ひと》はことをややこしくするんだよ。ぼくにまかせてごらんよ、うまいことやってみせるから。」

「ビーおばさん、おかあさんのウェディングドレス着《き》ればいいよ」と、ビーザスはいいました。ビーザスとラモーナは、これまでにも何度《なんど》か、うす紙《がみ》でつつまれて箱《はこ》の中《なか》にしまってあるおかあさんのウェディングドレスを箱《はこ》からとりだしてながめたことがあります。ビーザスは、いつでも鏡《かがみ》の前《まえ》で、ドレスをからだにあて、ベールをかぶってみるのでした。

「ほうらごらん、ウェディングドレスのことはこれで決《き》まりだ」と、ホバートおじさんはいいました。

「でも、わたしは花嫁《はなよめ》の介添《かいぞ》え人《にん》はつとまりませんよ、このかっこうではね」と、おかあさんがいいました。

「ビーザスとラモーナは、ブライドメイドになれるわ。それに、わたし、介添《かいぞ》え人《にん》はいらないわ」と、ビーおばさんも話《はなし》にのってきていいました。

ブライドメイドになることを考《かんが》えると、ラモーナは、ちょっと元気《げんき》がでました。結《けっ》婚式《こんしき》もまんざらわるくはないかもしれません。

「ウィラジーンは、フラワーガール*になれるかもね」と、ビーおばさんはいいました。そういってから、口《くち》をとじ、顔《かお》をしかめました。「まあ、わたしったら、何《なに》を考《かんが》えているのかしら。三年生《ねんせい》二十九人《にん》の通知表《つうちひょう》を書《か》かなきゃならないし、わたしたち二人《ふたり》とも、アラスカの冬用《ふゆよう》の防寒着《ぼうかんぎ》を買《か》わなくちゃならないし、それに、わたしの車《くるま》も売《う》らなきゃならないし、ホバートは、今《いま》のバンを売《う》って、四輪駆動《よんりんくどう》のトラックに買《か》いかえなくちゃならないし――」

「君《きみ》、すばらしい新品《しんぴん》のスキーウェアを持《も》ってるじゃないか」と、ホバートおじさんはいいました。おじさんは、たぶん、そのスキーウェアがマイケルのおかげだということを知《し》らないのでしょう。そういえば、マイケルはどうなったのでしょう？　それを知《し》っているのは、ビーおばさんだけです。

ホバートおじさんは、つづけました。「その二十九人分《にんぶん》の通知表《つうちひょう》のことだけれど、

『あなたのお子《こ》さんはすばらしい。だいじょうぶです』と、書《か》いとけばいいんだ。親《おや》が聞《き》きたがっているのはそれだし、ほとんどの場合《ばあい》、それがほんとうなんだからさ。」

ラモーナは、心《こころ》からの尊敬《そんけい》をもってホバートおじさんを見《み》つめました。おじさんは、通知表《つうちひょう》というものがよくわかっています。もしかしたら、けっきょくのところ、そんなにわるいおじさんにはならないかもしれません。

それまでしずかだったおとうさんが、口《くち》を開《ひら》きました。「ぼくは、冷凍食品倉庫用《れいとうしょくひんそうこよう》のソックスを寄付《きふ》するよ。学校《がっこう》が終《お》わったら、ぼくは、もう冷凍倉庫《れいとうそうこ》とは永久《えいきゅう》におさらばだからね。倉庫《そうこ》の温度《おんど》は、だいたい冬《ふゆ》のアラスカと同《おな》じだから、ソックスはよろこんでさしあげるよ。そのほかのものも、会社《かいしゃ》の支給品《しきゅうひん》でなかったら、あげられるんだけど。」

このニュースに、みんなだまりました。ラモーナが、沈黙《ちんもく》をやぶっていいました。

「おとうさん、ほかの学校《がっこう》から来《き》てくださいっていってきたの?」

＊フラワーガール……結婚式《けっこんしき》のバージンロードに花《はな》をまいて歩《ある》く役目《やくめ》の女《おんな》の子《こ》。

「いいや、きていない」と、おとうさんは正直《しょうじき》にいいました。「でも、おとうさん、シヨップライトマーケットのチェーン店《てん》の一つで、支配人《しはいにん》をやらないかっていわれてね。給料《きゅうりょう》も、手当《てあて》もなかなかいいいんだ。だから、受《う》けることにした。大学《だいがく》が終《お》わりしだい働《はたら》くことになる。」

「おとうさん！」と、ビーザスがさけびました。「またあのマーケットにもどって、けっきょく美術《びじゅつ》の先生《せんせい》にはならないっていうの？　だって、おとうさん、マーケットで働《はたら》くのいやだっていってたじゃない。」

「人生《じんせい》では、いつでも自分《じぶん》のしたいようにできるってわけじゃないんだよ。できる範《はん》囲《い》で、最善《さいぜん》をつくさなくちゃね」と、おとうさんはいいました。

「そうよ、できる範囲《はんい》で最善《さいぜん》をつくすの」と、おかあさんもいいました。

「なにもこれが世界《せかい》の終《お》わりってわけじゃないんだよ、ビーザス。支配人《しはいにん》は、レジ係《かかり》よりましだし、冷凍食品《れいとうしょくひん》の倉庫《そうこ》で、注文品《ちゅうもんひん》をそろえるのにくらべたら、よっぽどいいんだから」おとうさんはにこにこしていましたが、目《め》には失望《しつぼう》の色《いろ》がかくせませんでした。

「さ、結婚式《けっこんしき》のプランを決《き》めてしまおう。」

ラモーナは、ほっとして、からだから力《ちから》がぬけるような気《き》がしました。どこかの知《し》らない子《こ》が、クレヨンでかべにいたずら書《が》きをすることもないのです。ハーウィや、学校《がっこう》や、そのほかのお友《とも》だちとわかれないですみます。いなくなるのは、ビーおばさんだけです。

おとうさんの話《はなし》のあとの沈黙《ちんもく》をやぶったのは、ホバートおじさんでした。

「そう、ぼくたちの結婚式《けっこんしき》ね。うちで結婚式《けっこんしき》があると、女《おんな》の人《ひと》はみんな、はりきりすぎて、あとでつかれはてるものだけど、今度《こんど》はそうならないようにしよう。君《きみ》は、電《でん》話《わ》で友《とも》だちを招待《しょうたい》するといい。あとは、ぼくがひきうける。なんでもありゃしないさ。」

二人《ふたり》の、おとなのきょうだいは、おかしそうに目配《めくば》せをかわしました。ま、お手《て》なみ拝見《はいけん》といきましょうか、というようなわらいをうかべて。

「すばらしい！」と、ビーおばさんは、いいました。「わたし、あなたが計画《けいかく》してくれる結婚式《けっこんしき》なら、どんな式《しき》でも百《ひゃく》パーセント幸《しあわ》せよ。ところで、わたしがしなきゃならないのは、おとうさんに南《みなみ》カリフォルニアの太陽《たいよう》と、ビンゴゲームと、シャッフルボードゲームをあとにして、わたしをあなたにわたすために、ここまで来《く》るように説《せっ》得《とく》することね。」

デイおじいちゃんは、引退《いんたい》してから、雨《あめ》の多《おお》いオレゴンの冬《ふゆ》をさけて、カリフォルニアに行《い》ってしまったのです。それ以来《いらい》、みんなは、おじいちゃんにほとんど会《あ》っていませんでした。

「おじいちゃん、きっと来《く》るよ」と、おじいちゃんが大《だい》すきなラモーナはいいました。「来《こ》なくっちゃだめだよ。」

「土曜日《どようび》の朝《あさ》いちばんにすること。ぼくは、君《きみ》たち女《おんな》の子《こ》をつれて、ウィラジーンもいっしょにつれて、ドレスを買《か》いにいく。ビーは、大急《おおいそ》ぎで、通知表《つうちひょう》をかたづける」と、ホバートおじさんはいいました。

「こいつは、西部一《せいぶいち》すばやい結婚式《けっこんしき》になりそうだね」と、おとうさんがいいました。

ラモーナとビーザスは、そっと目配《めくば》せをかわしました。それは、独身《どくしん》の石油技師《せきゆぎし》のおじさんとのショッピングは、いったいどんなふうになるものやら、と考《かんが》えていることをあらわしていました。

7 ホバート隊長《たいちょう》と一連隊《いちれんたい》

土曜日《どようび》の朝《あさ》、ウィラジーンと、ひどく不《ふ》きげんな顔《かお》をしたハーウィが、ホバートおじさんのバンに乗《の》ってやってきました。ビーザスとラモーナをひろって、結婚式《けっこんしき》のための服《ふく》を買《か》いにいくためです。
「どうしてあんたも買《か》い物《もの》にいくの?」と、ラモーナはハーウィにききました。
ハーウィは、ラモーナにはこたえませんでした。そのかわり、おじさんに文句《もんく》をいいました。

「おれ、結婚指輪《けっこんゆびわ》を持《も》つ役《やく》なんていやだって、百万《ひゃくまん》べんもいったろう。おばあちゃんがなんといおうと、知《し》るもんか。そんなの、ちっちゃい子《こ》のすることだろ。おれは大《おお》きすぎるんだから。指輪《ゆびわ》をクッションの上《うえ》にのせて運《はこ》ぶなんて、ばかみたいだし、それに、転《ころ》がり落《お》ちるもの。」

「おれは、おまえの味方《みかた》だよ、ぼうず」と、ホバートおじさんはいいました。「けど、ここはおばあちゃんのしたいようにさせてやろうじゃないか。いっしょうけんめい指《ゆび》輪《わ》をのせるクッションを作《つく》ってるんだから。ゆるい結《むす》び目《め》を作《つく》って指輪《ゆびわ》が落《お》ちないようにしとくっていってたよ。それに、おれのお気《き》に入《い》りのおいっ子《こ》が小《ちい》さくなくて、大《おお》きい子《こ》だからって、おれを責《せ》めないでくれよな。」

「おれ、お気《き》に入《い》りのおいっ子《こ》じゃないよ。おいっ子《こ》は一人《ひとり》しかいないじゃないか」

と、ハーウィはいいました。

「アルジーが生《う》まれたら、競争相手《きょうそうあいて》になるかもな」と、ホバートおじさんはいいました。「ところでビーザス、女《おんな》の子《こ》の買《か》い物《もの》にはどこへ行《い》くんだね？」

「あの……ショッピングセンターの中《なか》にブライダルショップがあるけど」といって、ビーザスは口《くち》ごもりました。ホバートおじさんに指図《さしず》していいかどうかためらっていたのです。「でも、あたしたちに合《あ》うサイズがあるかどうか……。」

「ヘイ、ホー、じゃ、そこへ行《い》こう！」ホバートおじさんは、バンをバックさせて車《しゃ》庫《こ》の前《まえ》をでると、ショッピングセンターに向《む》かって走《はし》りだしました。ショッピングセンターの駐車場《ちゅうしゃじょう》はこんでいました。ようやく場所《ばしょ》を見《み》つけて車《くるま》をとめたとき、おじさんはいいました。

「さて、ここで必要《ひつよう》なのは、指揮系統《しきけいとう》だ。ぼくは、ビーザスから目《め》をはなさない。ビーザスはハーウィから目《め》をはなさない。ハーウィは、ラモーナから目《め》をはなさない。ラモーナは、ウィラジーンのことに気《き》をつける。みんな、次《つぎ》の人《ひと》がお行儀《ぎょうぎ》よくして、まい子《ご》にならないようにしっかり気《き》をつけるんだ。」

「おれ、ビーザスに見《み》ててもらわなくてもいいもん」と、ハーウィがぶつぶついいました。

「それに、ビーザスは、いつだってお行儀《ぎょうぎ》いいよ。」

ウィラジーンは、そっと指《ゆび》をすべらせて、ラモーナの手《て》をにぎりました。ラモーナは、こんなふうにされて感激《かんげき》しました。

そして、ウィラジーンを守《まも》って

あげなくては、という気《き》になりました。ウィラジーンの手《て》は、ネチネチしてはいたのですが。

一同《いちどう》は、鎖《くさり》のようにつらなって、商店街《しょうてんがい》に入《はい》っていきました。ブライダルショップには、うすい、すきとおったドレスや、ベールや、軽《かる》い、やわらかそうな帽子《ぼうし》などがいっぱいならんでいました。「うわあー」と、ビーザスはため息《いき》をつきました。

「チェッ」と、ハーウィがいいました。

ラモーナは、三面鏡《さんめんきょう》に自分《じぶん》をうつしてみたい、と思《おも》いました。でも、がまんしました。ウィラジーンのよいお手本《てほん》にならなければならないからです。ハーウィは、長《なが》いすにドタッとたおれこんで、自分《じぶん》の足《あし》を見《み》つめて顔《かお》をしかめていました。お店《みせ》の人《ひと》は、この人《ひと》たちみんな出《で》ていってくれればいいのに、と思《おも》っているようでした。

「ブライドメイドのドレスが二着《ちゃく》に、フラワーガールのドレスが一着《ちゃく》」と、ホバートおじさんは、まるでハンバーガーを注文《ちゅうもん》するような調子《ちょうし》でいいました。

ドレスが持《も》ってこられました。ビーザスとラモーナは、ホバートおじさんにこんなにお金《かね》をつかわせていいものかどうかわからず、どう選《えら》んでいいのかもわかりませんでした。ウィラジーンは、そうではありませんでした。

「あたし、あれがいい」と、ちょうど大《おお》きさの合《あ》いそうなふわふわしたピンクのドレスを指《ゆび》さしていいました。

「どう、いいかい、おじょうさんたち？」と、ホバートおじさんがいいました。ビーザスとラモーナは、ほんとうは、黄色《きいろ》のがいいと思《おも》っていたのですが、だまってうなずきました。ところが、ビーザスとラモーナに合《あ》うサイズは、このブライダルショップの、べつのチェーン店《てん》に注文《ちゅうもん》しなければならないことがわかりました。はい、だいじょうぶ、お式《しき》の日《ひ》にはまちがいなくおとどけ申《もう》しあげます、とお店《みせ》の人《ひと》はうけあいました。ホバートおじさんがドレスのお金《かね》をはらっている間《あいだ》、ラモーナは、ウィラジーンに、ハーウィのそばにすわっていなさいとささやきました。すると、ウィラジーンは、なんとそのとおりにしました。

ラモーナは、この間《あいだ》に、三面鏡《さんめんきょう》に自分《じぶん》をうつしてみようと鏡《かがみ》の前《まえ》に立《た》ちました。鏡《かがみ》は、後《うし》ろから、前《まえ》から、あらゆる角度《かくど》から見《み》た自分《じぶん》がうつっていました。ラモーナは、そんな自分《じぶん》を見《み》るために、おどってみました。すると、鏡《かがみ》の中《なか》のラモーナは、そのおりにおどりました。おどりながら、鏡《かがみ》の中《なか》でどんどん遠《とお》くへ行《い》き、それにつれてラモーナは、どんどん小《ちい》さくなりました。どこまで行《い》ってもわたしだわ、とラモーナは思《おも》いました。どこまでも、行《い》けるわ。

「ところで、われらの指輪係《ゆびわがかり》はどうだい?」と、ホバートおじさんが、ハーウィを見《み》ていいました。ハーウィは、長《なが》いすの上《うえ》でからだをずらして、しかめっつらをしていました。

ラモーナは、お店《みせ》の人《ひと》が、ハーウィのことを、お店《みせ》の長《なが》いすにはすわってほしくないと思《おも》っているのがわかりました。ラモーナは、くるくるとおどりつづけました。鏡《かがみ》

の中《なか》の無数《むすう》のラモーナもくるくる回《まわ》りました。

「正式《せいしき》な服装《ふくそう》は、男《おとこ》の子《こ》には、半《はん》ズボンに、ひざまでのソックス、白《しろ》いワイシャツに、ジャケットでございますが」と、お店《みせ》の人《ひと》はいいました。「でも、指輪《ゆびわ》をささげもつのは、ふつうは、小《ちい》さいお子《こ》さんでございますからね、四つか五つくらいの。」

「ほらね、そういったろう？」と、ハーウィはおじさんにいいました。

おじさんは、おいのことばを無視《むし》しました。そして、ウィラジーンのドレスの入《はい》った箱《はこ》をわきの下《した》にかかえて、「さ、行《い》こう、ビーザス」と、いいました。次《つぎ》の番《ばん》になるビーザスは、「行《い》きましょ、ハーウィ」と、いいました。ハーウィは、「行《い》こうぜ、ラモーナ」と、いい、ラモーナは、「行《い》くのよ、ウィラジーン。おりこうにしててくれて、ありがとう」と、いいました。ウィラジーンは、顔《かお》じゅうでにこっとわらいました。お店《みせ》の人《ひと》は、ラモーナたちが出《で》ていくのがうれしそうでした。

ホバートおじさんは、この指揮系統《しきけいとう》でつながった一連隊《いちれんたい》をひきつれて、男《おとこ》の子《こ》の着《き》るものを売《う》っている店《みせ》に行《い》きました。そして、ハーウィの意志《いし》に反《はん》して、紺《こん》の半《はん》ズボンと、白《しろ》いワイシャツと、うすいブルーのジャケットを買《か》いました。

「こんなの着《き》たら、みんなにわらわれるよ」と、ハーウィはいいました。

お店《みせ》の人《ひと》は、ここには男《おとこ》の子用《こよう》のひざまでのソックスはございません、といいました。

ビーザスは、ハーウィのことには責任《せきにん》があると思《おも》って、「女《おんな》の子《こ》の店《みせ》なら、ひざまでのソックス売《う》ってるわ」と、いいました。

「だまってろ」と、ハーウィがいいました。

人《ひと》のいいホバートおじさんは、おこりませんでした。明《あか》るい調子《ちょうし》で、「おまえこそだまってろ」というと、一連隊《いちれんたい》をひきつれて、女《おんな》の子《こ》の店《みせ》に入《はい》り、ハーウィのために紺《こん》のひざまでのソックスを買《か》いました。

「さてと、ほかに何《なに》がいる？」と、ホバートおじさんはビーザスにききました。

「お花《はな》」と、ビーザスはこたえました。

お花屋《はなや》さんに行《い》くとちゅう、一行《いっこう》は、スキー用品《ようひん》のお店《みせ》によりました。ちょうどセールをしていたので、ホバートおじさんは、「まさにビーおばさんとぼくに必要《ひつよう》なものだ」といって、みんなをつれて、スキーウェアのたなに行《い》き、大急《おおいそ》ぎで、自分《じぶん》と花嫁《はなよめ》のためのダウン入《い》りのキルトジャケットと、防水《ぼうすい》パンツ、毛皮《けがわ》の裏《うら》のついている手《て》ぶくろ、厚手《あつで》のソックスとブーツを、全品《ぜんぴん》バーゲンの大特価《だいとっか》で買《か》いました。ビーザスがおばさんのサイズを知《し》っていたのはさいわいでした。

「これ、結婚式《けっこんしき》で着《き》るんじゃないでしょ?」と、ラモーナは、ウィラジーンが着《き》ている男物《おとこもの》のジャケットをぬがせながら、ビーザスに小声《こごえ》でいいました。

「わかんないわよ」と、ビーザスがいいました。ホバートおじさんが何《なに》をするか、わかったものではないからです。

一連隊《いちれんたい》は、たくさんのふくろや、箱《はこ》をかかえて、暑《あつ》い駐車場《ちゅうしゃじょう》を横切《よこぎ》って、バンのところにもどりました。荷物《にもつ》を置《お》いて、お花屋《はなや》さんのある商店街《しょうてんがい》にもどるとちゅう、五十二種類《しゅるい》のアイスクリームを売《う》っているお店《みせ》の前《まえ》を通《とお》ったとき、ウィラジーンが、アイスクリームコーンがほしいといいました。ホバートおじさんは、全員《ぜんいん》にアイスクリームコーンが必要《ひつよう》だ、と同意《どうい》しました。お店《みせ》はこんでいて、お客《きゃく》さんは、番号札《ばんごうふだ》をとって、順番《じゅんばん》を待《ま》たなければなりませんでした。ウィラジーンのめんどうをみる責任《せきにん》のあるラモーナは、字《じ》の読《よ》めないウィラジーンのために、ほかのお客《きゃく》さんがみんな聞《き》いている前《まえ》で、五十二種類《しゅるい》のフレイバーをいちいち読《よ》みあげるという、はずかしい役《やく》をつとめなければなりませんでした。「ストローベリー、ジャーマンチョコレート、バニラ、ジンジャーピーチー、レッド・ホワイト・ブルーベリー、ブラック・ウォールナット、ミシシッピイマッド、グリーンバブルガム、ベースボールナッツ」と、ラモーナはそっけない調子《ちょうし》で読《よ》みすすみました。ピスタチオはぬかしました。どう発音《はつおん》していいかわからなかったからです。ネクタリンとマカデミアナッツのところではつっ

かえました。「アボカド（アボカドのアイスクリーム?）、ファッジブラウニー――」

ラモーナは、ホバートおじさんの順番《じゅんばん》が永久《えいきゅう》にこないのかと思《おも》いました。でも、もちろん、順番《じゅんばん》はやってきました。

「チョコレート・マンダリンオレンジのダブルスクープ、ナッツつきを五つ」というのがホバートおじさんの注文《ちゅうもん》でした。

ダブルスクープのナッツつきだって。ビーザスとラモーナは、すっかり感心《かんしん》しました。

アイスクリームコーンが一同《いちどう》に配《くば》られ、みんなは日《ひ》のあたる駐車場《ちゅうしゃじょう》にでました。ホバートおじさんがいいました。「サウジアラビアの熱《ねつ》とほこりの中《なか》で、わたしは簡易《かんい》ベッドに横《よこ》たわり、オオカミの遠《とお》ぼえを聞《き》きつつ、チョコレート・マンダリンオレンジのダブルスクープ、ナッツつきを夢《ゆめ》みていた。」

ラモーナは、たれてくるアイスクリームをなめながら、いいました。

「あたし、おじさんはおばあちゃんのアップルパイの夢《ゆめ》をみていたのかと思《おも》ってた。」

「それも、夢《ゆめ》みていたさ」と、おじさんはいいました。「男《おとこ》は、人生《じんせい》で一つ以上《いじょう》の夢《ゆめ》をみることができるのだ。」

「サウジアラビアには、オオカミはいないよ」と、ハーウィがいいました。

「オーケー、なら、ラクダの遠《とお》ぼえだ。」

ホバートおじさんは、そういって、商店街《しょうてんがい》の中《なか》のお花屋《はなや》さんに入《はい》りました。すると、お花屋《はなや》さんは、アイスクリームをなめながらお店《みせ》に入《はい》らないでください、といいました。ホバートおじさんは、そういわれても、ぜんぜん気《き》にしませんでした。ポケットから、メモをだすと、入《い》り口《ぐち》に立《た》って、「花嫁用《はなよめよう》に白《しろ》いブーケを一つ、女《おんな》の子《こ》のために花《はな》のかんむりを三つ——ここにいるこの女《おんな》の子《こ》たちのね、と指《ゆび》さして——それから、ブライドメイドのためのブーケを二つ、あんまり大《おお》きくないやつ」といいました。それから、ビーザスに向《む》かって、「色《いろ》は何《なに》？」と、きいて、アイスクリームを大《おお》きく一《ひと》口《くち》なめました。

「ピンクを主《しゅ》にしたらいいと思《おも》います。ドレスの色《いろ》に合《あ》わせて」と、ビーザスは、お上品《じょうひん》にちびちびとアイスクリームをなめながらいいました。

「ピンク」と、ホバートおじさんは注文《ちゅうもん》しました。「それから、ちっちゃなフラワーガールのために花束《はなたば》一つ。フラワーガールにフラワーがないといけないもんね、だろう、ウィラジーン？」

でも、ウィラジーンは、たれてくるアイスクリームに負《ま》けまいといっしょうけんめいで、返事《へんじ》をするどころではありませんでした。

「それから、花婿《はなむこ》一人《ひとり》に、介添《かいぞ》え人《にん》一人《ひとり》、案内役《あんないやく》二人《ふたり》が、ボタンホールにさすもの。ああ、そうだ、ここにいる指輪《ゆびわ》を持《も》つ少年《しょうねん》にも花《はな》をね。」

「よしてよ、ホバートおじさん」と、ハーウィはいいました。その間《あいだ》に、ホバートおじさんは、びっくりしている花屋《はなや》さんにクレジットカードをわたして、花束《はなたば》をクインビー家《け》に、ウィラジーンと男《おとこ》の人《ひと》の花《はな》はケムプ家《け》に配達《はいたつ》するようたのみました。

「さ、みんな、うちに帰《かえ》ろう」と、ホバートおじさんがいいました。「ぼくがいったとおりだろ、結婚式《けっこんしき》なんて、ちっともたいへんなことじゃないだろう。」

腕《うで》にたれてくるアイスクリームをなめながら、ラモーナは、ドレスがほんとうに間《ま》にあうようにとどくといいな、と思《おも》いました。ビーザスも同《おな》じことを思《おも》っているのがわかりました。

「ホバートおじさん、ラクダは遠《とお》ぼえしないと思《おも》うよ」と、ハーウィがいいました。

「鼻《はな》を鳴《な》らすことはあると思《おも》うけど。」

ハーウィが、結婚式《けっこんしき》に興味《きょうみ》をもっていないことは、だれの目《め》にも明《あき》らかでした。

ビーザスは、きれいに自分《じぶん》のアイスクリームを食《た》べてしまってからいいました。

「教会《きょうかい》と、牧師《ぼくし》さんのことは?」ビーザスは、ホバートおじさんを全面的《ぜんめんてき》に信頼《しんらい》するわけにいかなかったのです。

ホバートおじさんは、コーンの最後《さいご》の一口《ひとくち》を食《た》べおえてからいいました。「万事《ばんじ》、手《て》配《はい》ずみ。結婚指輪《けっこんゆびわ》のことも、パーティーの食事《しょくじ》のことも。でも、チェックしてくれてありがとう。ぼくも、何《なに》かわすれるかもしれないからね。」

おじさん、きっと何《なに》かわすれる、とラモーナは思《おも》いました。そして、うちの自分《じぶん》のへやに、三面鏡《さんめんきょう》があったらいいのに、と思《おも》いました。そうしたら、ブライドメイドのドレスがとどいたとき、どこまでもくるくる回《まわ》っている自分《じぶん》のすがたが見《み》られるのにと。

8 家族《かぞく》が一つになる

クインビー家《け》のくらしは、まもなくとてもいそがしい、めまぐるしいものになりました。おとうさんは、今《いま》では毎朝《まいあさ》きちんと働《はたら》きにでかけます。でも、ビーおばさんは、月末《げつまつ》までには発《た》たなくてはならないので、一か月分《げつぶん》のお家賃《やちん》をせつやくするために、クインビー家《け》に移《うつ》ってきていました。おばさんは、ほとんどの荷物《にもつ》を、地下室《ちかしつ》にいれていましたが、アラスカに送《おく》らなければならないものは、全部《ぜんぶ》荷《に》づくりのため、ラモ

ーナのへやにつみあげてありました。

ラモーナは、ビーザスのへやの床《ゆか》に、ビーザスがいつかの夏《なつ》、キャンプに持《も》っていった寝《ね》ぶくろをしいて寝《ね》ていました。電話《でんわ》は、鳴《な》りっぱなしでした。近所《きんじょ》の人《ひと》が結婚《けっこん》式《しき》のお手伝《てつだ》いをしましょうかといってきてくれたり、ビーおばさんが売《う》ると広告《こうこく》をだしたスポーツカーについて問《と》い合《あ》わせてきたり、式《しき》に招待《しょうたい》された友《とも》だちが、ええ、よろこんでうかがいます、と返事《へんじ》をよこしたり。

ビーおばさんの学校《がっこう》の先生《せんせい》たちは、おばさんのためにブライダルシャワー*を開《ひら》きました。プレゼントのほとんどは、平《ひら》たくて——バスタオルだの、チーズ切《き》り用《よう》のまな板《いた》だの、ランチョンマットだの——荷《に》づくりしやすいものでした。でも、ビーおばさんの受《う》け持《も》ちのクラスはコーヒーメーカーをくれました。ラモーナのへやには、次《つ》ぎに箱《はこ》がつみあげられていきました。

ウィラジーンの古《ふる》い、ほろつきのゆりかごがクインビー家《け》に運《はこ》びこまれ、おとうさ

*ブライダルシャワー……友人《ゆうじん》たちが集《あつ》まって、花嫁《はなよめ》にお祝《いわ》いの品《しな》を贈《おく》るパーティー。

んとおかあさんの寝室《しんしつ》におかれました。近所《きんじょ》の人《ひと》たちが、おかあさんのために*ベビーシャワーをしてくれました。ということは、また箱《はこ》がふえるということです。ビーザスとラモーナは、アルジーがビーおばさんの結婚式《けっこんしき》がすむまで、今《いま》いるところにじっとしていて

くれますようにとねがいました。おかあさんのおなかが、一日《にち》一日《にち》と大《おお》きくなっていくように見《み》えたからです。もしかしたら、おかあさんの着《き》ているマタニティードレスが、ほんとう以上《いじょう》におかあさんを大《おお》きく見《み》せていたのかもしれませんが。

結婚祝《けっこんいわ》い――たいていはバスタオルのセットでしたが――が、ときどきはじめました。ラモーナは、これまでこんなにきれいなタオルを見《み》たことがありませんでした――大《おお》きくて、分厚《ぶあつ》くて、ふわふわしていて、あわい、とてもきれいな色《いろ》のタオルです。ラモーナは、タオルをなで、ほほにあててみて、指《ゆび》でもようをなぞってみました。こんなタオルのためなら結婚《けっこん》するねうちがあります。クインビー家《け》のタオルときたら、色《いろ》ははげおちて、はしがすりきれているんですもの。

結婚式《けっこんしき》のリハーサルが行《おこな》われる日《ひ》の午後《ごご》、デイおじいちゃんが飛行機《ひこうき》で着《つ》くことになっていました。花嫁《はなよめ》を花婿《はなむこ》にわたす練習《れんしゅう》をするためです。ビーおばさんは、自分《じぶん》のスポーツカーが売《う》れたので、ホバートおじさんのバンをかりて、めいたちを乗《の》せて、

＊ベビーシャワー……生《う》まれてくるあかちゃんのために、お祝《いわ》いの品《しな》を贈《おく》るパーティー。

飛行場《ひこうじょう》へおじいちゃんをむかえにでかけました。デイおじいちゃんは、ラモーナたちがおぼえていたよりやせて、年《とし》とって見《み》えました。おじいちゃんは、まごたちをだきしめて、大《おお》きくなったなあといってから、自分《じぶん》はモーテルにとまるといいだしました。女《おんな》どもが式《しき》のことで大《おお》さわぎをしている中《なか》で、居間《いま》のソファーに寝《ね》るのはごめんだというのです。

「この年《とし》になるとね、少《すこ》しずかに、安《やす》らかにしていたいもんなんだ」と、おじいちゃんはいいました。

そこで、ビーおばさんは、いちばん近《ちか》いモーテルにおじいちゃんの旅行《りょこう》カバンをおいて、おじいちゃんをクインビー家《け》につれていきました。家《いえ》には、また箱《はこ》がとどいていました。でも、ブライドメイドのドレスの箱《はこ》はきていませんでした。

「結婚式《けっこんしき》のときには、かならず何《なに》かうまくいかないことがおこるもんだ。きまってそうなるんだよ」と、おじいちゃんはいいました。

ビーザスとラモーナは、心配《しんぱい》そうに目《め》を見《み》かわしました。

ホバートおじさんが、最新《さいしん》のプレゼントを見《み》るために、クインビー家《け》にやってきました。おじさんは、プレゼントのことを「戦利品《せんりひん》」とよんでいました。それから、おじさんは、バンをアラスカに乗《の》っていく四輪駆動《よんりんくどう》のトラックと交換《こうかん》するためにもっていきました。それには、前《まえ》に雪《ゆき》かき用《よう》のすきがとりつけられるのです。

おかあさんは、大《おお》きなおなかをかかえて、くたびれたようすで、大《おお》きなボウルでサラダをたくさん作《つく》っていました。リハーサルのまえに、二けんの家族《かぞく》がいっしょに食《しょく》事《じ》をするのです。ビーザスは、フランスパンにバターをぬって、山《やま》のようにつみかさねていました。おとうさんは、いつもよりおそく帰《かえ》ってきました。レジの人《ひと》が、万引《まんび》きを見《み》つけたので、警察《けいさつ》をよばなければならず、いろいろ質問《しつもん》にこたえなければならなかったからです。ビーおばさんさえ、つかれて見《み》えました。

ホバートおじさんが帰《かえ》ってきたとき、せっぱつまったビーザスは、おじさんにブライドメイドのドレスがまだとどいていないの、とささやきました。

「よし、きいてみよう」と、おじさんはいって、お店《みせ》に電話《でんわ》をかけました。お店《みせ》の人《ひと》は、あしたの朝《あさ》いちばんでおとどけしますと約束《やくそく》しました。

「今夜《こんや》です。今夜《こんや》とどけてください」と、おじさんはいいました。まるで、油田《ゆでん》で、採掘《さいくつ》チームに命令《めいれい》するようないい方《かた》でした。

ケムプ家《け》の一同《いちどう》が、キャセロールを二つとデザートを持《も》ってやってきました。食堂《しょくどう》はみんながすわって食《た》べるにはせますぎたので、食《た》べものがテーブルの上《うえ》にならべられ、みんなはお皿《さら》を持《も》って、自分《じぶん》のすきなものをとることになりました。ラモーナは、自分《じぶん》がウィラジーンの世話《せわ》をしなくてもよかったのでほっとしました。ウィラジーンは、ちゃんと食《た》べものをとることができなかったので、おばあちゃんがとってやりました。

一同《いちどう》が居間《いま》にすわって、チキンとスパゲッティ、野菜《やさい》のキャセロールにサラダを食《た》べているとき、ホバートおじさんのとなりの床《ゆか》の上《うえ》にすわっていたビーおばさんが、おじさんに、「教会《きょうかい》とレセプションホールには、どんなお花《はな》を注文《ちゅうもん》したの?」と、ききました。

ホバートおじさんは、フォークを落《お》として、手《て》のひらでひたいをたたきました。

「教会《きょうかい》の花《はな》か！　すっかりわすれてた。」

「ホバート、そんな！　あたし、ちゃんとメモに書《か》いといたでしょ。」

とはいうものの、ビーおばさんは、おじさんのいったことを信用《しんよう》しかねているところもありました。花婿《はなむこ》は、じょうだんがとくいだったからです。

「ほんとにわすれたんだ」と、おじさんは告白《こくはく》しました。「みんなアイスクリームコーンをなめるのに夢中《むちゅう》だったもんだから。あすの朝《あさ》いちばんに花屋《はなや》に電話《でんわ》するよ。」

「あなた正気《しょうき》?」と、ビーおばさんはさけびました。「この六月《がつ》の結婚式《けっこんしき》がたてこんでいるときに、当日《とうじつ》の朝電話《あさでんわ》するですって?　どこで余分《よぶん》のお花《はな》をさがしてくるっていうの、それも、ローズ・フェスティバルの直後《ちょくご》に？」通知表《つうちひょう》を書《か》くのと、引《ひ》っこしと、興奮《こうふん》とでへとへとになっていたおばさんは、婚約者《こんやくしゃ》に向《む》きなおっていいました。

「結婚式《けっこんしき》の準備《じゅんび》なんて、なんでもないって、あなたいったわね。ふん、それがあなたの大《おお》まちがいだったってこと、これでようくわかったでしょ。」

「もし、ぼくがそんなに大《おお》まちがいをする男《おとこ》なら、なんでぼくと結婚《けっこん》なんかするんだよ？」と、おじさんがつめよりました。おじさんにはめずらしくこわい顔《かお》つきでした。

二つの家族《かぞく》とも、聞《き》こえないふりをしていました――もちろん、子《こ》どもたちはべつです。子《こ》どもたちは、興味《きょうみ》しんしんでした。ウィラジーンは、泣《な》きだしそうな顔《かお》をしていました。

「それは、いい質問《しつもん》ね」と、ビーおばさんはいいました。

「それは、いい質問《しつもん》ね！　それは、いい質問《しつもん》ね！　ぼくは、学校《がっこう》にいる間《あいだ》じゅう、先《せん》生《せい》たちから、そう聞《き》かされつづけてきた。でも、そのうち半分《はんぶん》も答《こた》えをもらったため

しがない。君《きみ》はどう思《おも》うの？　ってきくか、だれかほかの子《こ》にこたえさせるかするんだ。そこへ、君《きみ》までが、いい質問《しつもん》ね、とくる。まったく、先《せん》生《せい》らしい言《い》いぐさだよ。」
「あたしは、先生《せんせい》ですからね」と、ビーおばさんは、ひややかな声《こえ》でいいました。
ビーザスとラモーナは、「結婚《けっこん》はご破算《はさん》かも」といったふうに顔《かお》を見《み》あわせました。こうなれば、ブライドメイドのドレスがとどくかどうかは問題《もんだい》ではありません。ハーウィはうれしそうでした。けっきょく、クッションに指《ゆび》輪《わ》をのせて持《も》つ役《やく》をまぬがれるかもしれないのです。

ホバートおじさんは、いちだんと声《こえ》をあげていいました。

「この一回《かい》だけは、ぼくは先生《せんせい》がちゃんと答《こた》えをいってくれるのを聞《き》きたいねえ。どうして君《きみ》はぼくと結婚《けっこん》するんだ――もし、まだそのつもりなら？」

ビーおばさんは、先生口調《せんせいくちょう》で話《はな》しはじめました。

「ホバートは、いい質問《しつもん》をしました」おばさんは、うれしそうににっこりわらってそういったかと思《おも》うと、くるっとおじさんのほうに向《む》きなおって、さけびました。「愛《あい》してるからじゃないの、バカ！」それから、わあっと泣《な》きだしました。

ラモーナは、あっけにとられました。三年生《ねんせい》や、四年生《ねんせい》の子《こ》なら、相手《あいて》をばかということがあります。でも、おとなはいいません。

おかあさんは、みんなどこかへ行《い》ってしまってほしいというような顔《かお》をしていました。おとうさんは、おかあさんの腰《こし》に腕《うで》をまわして、小《ちい》さな声《こえ》で、「だいじょうぶ?」と、ききました。

「気分《きぶん》は最高《さいこう》よ」と、おかあさんはいいました。いつになくきついいい方《かた》でした。「あかんぼうが生《う》まれるっていうときに、どうしてだいじょうぶじゃないってことがあるの。これ以上《いじょう》自然《しぜん》なことはありゃしないのよ。いちいち心配《しんぱい》しないでちょうだい。」

おとうさんは、気《き》をわるくしたようでした。ホバートおじさんは、落《お》ちつきをとりもどし、はずかしそうにしていました。ビーおばさんは、新《あたら》しいバスタオルのはしっこでそっと涙《なみだ》をふきました。

「わたしたちでお花《はな》つんじゃだめ?」と、ラモーナはいいました。

「どんな花《はな》?」と、ビーザスがききました。「うら庭《にわ》の、虫《むし》のくったパンジー?」

「まあ、まあ」と、デイおじいちゃんがわって入《はい》りました。「結婚式《けっこんしき》のまえによくあるイライラさ。みんな、落《お》ちつきなさい。わしは、この町《まち》に四十年《ねん》も住《す》んでおったんだ。そして、このあたりのご婦人方《ふじんがた》が、いざというとき、力《ちから》を発揮《はっき》するのを知《し》っとるよ。二、三げん電話《でんわ》してごらん。いるだけの花《はな》は全部《ぜんぶ》集《あつ》まるよ。」

デイおじいちゃんのいうとおりでした。二けんのおうちでは、シャクヤクが満開《まんかい》でした。いくらでもとっていただいていいですよ。大輪《たいりん》のバラがたくさんあるおうちもありました。どうぞおもちください。月桂樹《げっけいじゅ》をさしあげましょう、という人《ひと》もありました。それなら、とりあわせにいいし、どうせかりこまなければいけなかったんですから、と。

お花《はな》の問題《もんだい》が解決《かいけつ》すると、ビーおばさんが、いたずらそうなわらいをうかべていいました。

「わたしもわすれてたことが一つあるわ。あなたにいってなかったけど、わたしの受《う》け持《も》ちの三年生《ねんせい》の子《こ》どもたちを全員招待《ぜんいんしょうたい》したの。とっても来《き》たがってたんですもの。」

わぁー、いやだぁ、とラモーナは思《おも》いました。その子《こ》たちは、レセプションのごちそうを食《た》べつくし、そこらじゅう走《はし》りまわって、人《ひと》にぶつかったり、ものをこぼしたりするでしょう。それでも、ラモーナは、ビーおばさんからあんなにいろいろ話《はなし》に聞《き》いている三年生《ねんせい》たちに会《あ》うのがたのしみでした。

「そいつは、すばらしい！」と、ホバートおじさんはいいました。「あと二十九人分《にんぶん》シャンパンを追加注文《ついかちゅうもん》しなくちゃ。」

ラモーナは、ぎょっとしました。二十九人《にん》の三年生《ねんせい》が、シャンパンを手《て》にそこらじゅうをうろうろするなんて。

「ホバート！」ケムプさんのおばあちゃんが、強《つよ》い調子《ちょうし》で末《すえ》むすこをたしなめました。「なにを非常識《ひじょうしき》なことをいってるんです。子《こ》どもにシャンパンを飲《の》ませる人《ひと》がどこにありますか。子《こ》どもには、パンチか何《なに》か注文《ちゅうもん》しなさい。」

「わかったよ、おかあさん」そういって、ホバートおじさんは時計《とけい》を見《み》ました。「わすれるっていえば、リハーサルをわすれないようにしなくちゃ。」

結婚式《けっこんしき》に参加《さんか》する一団《いちだん》は、大急《おおいそ》ぎでお皿《さら》を台所《だいどころ》へ運《はこ》ぶと――ケムプおばあちゃんの作《つく》ったチーズケーキはあとでいただくことにして――ホバートおじさんのトラックとケムプさんの車《くるま》に分乗《ぶんじょう》して、教会《きょうかい》へ向《む》かいました。ラモーナと、ビーザスと、ハーウィは、ホバートおじさんと花嫁《はなよめ》といっしょに、トラックに乗《の》りこみました。これが、この車《くるま》に乗《の》る唯一《ゆいいつ》のチャンスです。

「すげえ、すげえや」と、ハーウィはいいました。「二十九人《にん》ものチビが、おれが女《おんな》の子《こ》のソックスをはいて、指輪《ゆびわ》をのせたばかみたいなクッションを持《も》って歩《ある》くのを見《み》て大《おお》わらいするんだ。」

「ドレスまだとどかないわ」と、ビーザスが心配《しんぱい》しました。

ホバートおじさんが、なぐさめていいました。「心配《しんぱい》するなって。もしも、運動着《うんどうぎ》を着《き》て式《しき》にでなくちゃならなかったとしても、君《きみ》たちはじゅうぶんかわいいんだから。」

トラックが、車庫《しゃこ》の前《まえ》をでて、カーブを曲《ま》がろうとしたとき、一台《だい》の車《くるま》がやってきて、中《なか》から、男《おとこ》の人《ひと》が一人《ひとり》、大《おお》きな箱《はこ》をかかえて、とびだしてきて、クインビー家《け》の玄関《げんかん》のほうに走《はし》っていきました。ラモーナは、その箱《はこ》に、ブライダルと書《か》いてあるのを見《み》ました。そして、「あたしたちのドレスだ！」と、さけびました。

「ひゃー、助《たす》かった」と、ビーザスはいいました。「さあ、ちゃんと合《あ》うかどうかだわ。」

「ホバートおじさん、おじさんまだラクダの鳴《な》き声《ごえ》がどんなだか話《はな》してくれてないよ」と、ハーウィがいいました。

ラモーナは、ハーウィがラクダのことをわすれて、結婚式《けっこんしき》のことに注意《ちゅうい》を向《む》けてくれるといいのに、と思《おも》いました。

ホバートおじさんは、馬《うま》のいななきのような声《こえ》をあげました。「これで、どうだい？」

「それがほんとかどうか、わからないよ」と、ハーウィはいいました。

ラモーナは、ドレスが合《あ》うかどうか、気《き》にしていませんでした。安全《あんぜん》ピンがあれば、なんとかなります。それに、ラクダの鳴《な》き声《ごえ》がどういうのかも気《き》にしていませんでした。ラモーナが気《き》にしていたのは、二十九人《にん》の三年生《ねんせい》――もうじき四年生《ねんせい》に進級《しんきゅう》する――たちが、おでこにバナナのステッカーをはりつけてくるかどうか、そして、アルジーが、式《しき》が終《お》わるまで、今《いま》いるところにじっとしているかどうか、ということでした。七月《がつ》は、一日《にち》一日《にち》と近《ちか》づいていたのです。

9 ラモーナの大《おお》てがら

結婚式《けっこんしき》の当日《とうじつ》がきました!

ブライドメイドのドレスは、長《なが》すぎました。

「安全《あんぜん》ピン!」と、ビーおばさんがさけびました。「だれかピン持《も》ってきて!」

アルジーがいるので、おかあさんは、床《ゆか》にひざをつくことができませんでした。

ビーおばさんが、すそをピンでとめている間《あいだ》——ドレスには、それに合《あ》わせたスリップがついていたので、その両方《りょうほう》をとめなければなりませんでした――女《おんな》の子《こ》たちは、じっと、まっすぐに立《た》っていようとしました。でも、どうして、それができるでしょう？　お花屋《はなや》さんからは、花束《はなたば》がとどいていました。二人《ふたり》は、早《はや》くそれが見《み》たくてたまらず、もじもじしました。最後《さいご》のピンをとめおわると、ビーおばさんはいいました。

「ビーザス、すそを糸《いと》でかりにとめておきなさい。式《しき》が終《お》わるまではもつでしょ。」

そういってから、おばさんは、急《いそ》いでウェディングドレスにアイロンをかけにいきました。

ほっぺたをまっかにして、ビーザスは、できるだけ急《いそ》いですそをかがりました。ラモーナは、おねえさんの仕事《しごと》が信用《しんよう》できず、自分《じぶん》のドレスのすそをセロハンテープでとめました。

だれもかれも髪《かみ》をあらわなければならず、シャワーをあびなければなりませんでした。ラモーナの番《ばん》がきたとき、お湯《ゆ》はもうなくなっていました。なんだって、いちばん年下《としした》の者《もの》は、いちばんあとまで待《ま》たなければならないのでしょう?

おとうさんは、午後休暇《ごごきゅうか》をとっていましたが、おくれました。もしかしたら、来《こ》られないのかも? おとうさんは、帰《かえ》ってきました。でも、ラモーナは、おとうさんがシャワーで悪態《あくたい》をついているのを聞《き》いてしまいました。

デイおじいちゃんは、どこにいるのでしょう？

「ボブ、あなた、おじいちゃんをむかえにいかなくていいの？」と、おかあさんが、おふろ場《ば》のドアごしにおとうさんに声《こえ》をかけました。

「まだ準備《じゅんび》ができてないからって。自分《じぶん》でここまで来《く》るから、心配《しんぱい》しなくていいっていってたよ」という返事《へんじ》が、水《みず》しぶきの音《おと》の中《なか》から聞《き》こえました。

家族一同《かぞくいちどう》は、何《なに》をするでもなく、やたらといそがしく時間《じかん》をすごしました。お祝《いわ》いの品《しな》をとりあげてみたり、おろしてみたり、髪《かみ》の毛《け》をいじくってみたり、だれも食《た》べる気《き》のしないサンドイッチを作《つく》ってみたり。

さあ、ドレスを着《き》る時間《じかん》！　ビーおばさんは、ラモーナのへやへすがたを消《け》しました。ラモーナとビーザスは、ビーザスのへやで、着《き》がえをすることになりました。ラモーナは、白《しろ》いソックスをはき、ビーザスは、パンティストッキングをはきました。ピンクのスリップが、頭《あたま》からすべりおち、そのあとから、ドレスが。これは、二人《ふたり》が、これまでに着《き》たことのあるどのドレスよりきれいでした。二人《ふたり》は、いちばん上等《じょうとう》の白《しろ》いくつに足《あし》をすべりこませました。ビーザスは、つやつやした髪《かみ》の毛《け》にブラシをかけ、ラモーナの髪《かみ》にもブラシをかけました。

まるで、王女《おうじょ》さまのような気分《きぶん》で、二人《ふたり》は、おかあさんのところへ見《み》せにいきました。とってもすてき、とおかあさんはいってくれました。おかあさんもすてきでした。アルジーのことをのぞけば、二人《ふたり》は、おかあさんがこんなにきれいなのを見《み》たことがありませんでした。おかあさんは、もうあかちゃんを産《う》んでしまった人《ひと》からかりた、やわらかい、空気《くうき》のように軽《かる》いドレスを着《き》ていました。そのドレスは、クリッキタット通《どお》りの女《おんな》の人《ひと》の間《あいだ》で、もう四、五年《ねん》もかわるがわる着《き》られていたものでした。

「マタニティードレスのよそいきは、ご近所《きんじょ》に一着《いっちゃく》あればいいの」と、おかあさんはいいました。

そして、いよいよビーおばさんが、おねえさんのウェディングドレスを着《き》、ベールをかぶってあらわれました。

「わぁー、ビーおばさん、きれい」と、ビーザスはため息《いき》をつきました。

ラモーナは、あんまりびっくりして、口《くち》もきけませんでした。

おかあさんは、妹《いもうと》にキスをして、「そのドレスが、わたしに幸《しあわ》せをもってきてくれたように、あなたにも幸《しあわ》せをもってきてくれますように」と、いいました。

このとき、ラモーナは、自分《じぶん》の白《しろ》いくつが、小《ちい》さくなってもう合《あ》わなくなっているということに気《き》がついて、不安《ふあん》になりました。ここ一年《ねん》はいていなかったのです。でも、文句《もんく》をいうくらいなら、死《し》んだほうがましでした。

「いったいぜんたい、おとうさんはどこにいるの？」と、ビーおばさんが心配《しんぱい》そうにいいました。「わたし、ホバートを教会《きょうかい》で待《ま》たせたくないわ。」

そう、デイおじいちゃんがいない。どこへ行《い》ったの？　みんな心配《しんぱい》になって、大《おお》さわぎを始《はじ》めました。おじいちゃんのとまっていたモーテルに電話《でんわ》がかけられました。

へやには、だれもいませんでした。いちだんと心配《しんぱい》がつのったところで、窓《まど》から外《そと》を見《み》ていたラモーナがさけびました。
「見《み》て！　デイおじいちゃんが来《き》た。まっ黒《くろ》いリムジンに乗《の》ってるよ。ほんものの運転手《うんてんしゅ》がついて。テレビにでてくる運転手《うんてんしゅ》みたいに、ほんものの運転手《うんてんしゅ》の帽子《ぼうし》かぶって。」
「おとうさん、なにもリムジンなんかかかりなくても…。」と、ビーおばさんが声《こえ》をあげました。
「何《なに》もいうな。わしは、末《すえ》むすめを型《かた》どおりに花婿《はなむこ》にわたしたいんだ」と、デイおじいちやんはいいました。

「わおぅ！」と、ラモーナは、一瞬《いっしゅん》くつのことはわすれてさけびました。「あたしたち、これに乗《の》っていくんだ！　見《み》てて、ビーおばさんの三年生《ねんせい》――いや、四年生《ねんせい》たちがこれを見《み》てなんていうか。」

おかあさんは、お花屋《はなや》さんからとどいた箱《はこ》の中《なか》から、小《ちい》さなバラでできた花《はな》のかんむりをとりだし、それをむすめの髪《かみ》にしっかりのせ、ヘヤーピンでとめてから、二人《ふたり》にブーケをわたしました。

「ああー」女《おんな》の子《こ》たちは、深《ふか》ぶかと花《はな》のかおりをすいこみました。

ビーおばさんは、自分《じぶん》の白《しろ》いブーケをとりあげました。

「さ、行《い》くぞ」と、デイおじいちゃんがいいました。「あんまり待《ま》たせると、花婿《はなむこ》どのがにげてしまうからな。」

一同《いちどう》は、リムジンに乗《の》りこみました。おとうさんが、運転手《うんてんしゅ》のとなりにすわり、ビーザスとラモーナは、運転手席《うんてんしゅせき》の後《うし》ろにある、折《お》りたたみ式《しき》のいすをだして、花嫁《はなよめ》に向《む》かいあってすわり、花嫁《はなよめ》の両《りょう》どなりにおじいちゃんとおかあさんがすわりました。ラモーナは、長《なが》いスカートの下《した》でそうっとくつをぬぎ、リムジンのドライブの一秒《びょう》一秒《びょう》をたのしみました。

「いっときますけどね、あんたたち」と、おかあさんがいいました。「いったん教会《きょうかい》の正面《しょうめん》の、きめられた場所《ばしょ》に立《た》ったら、じっと立《た》って動《うご》かないのよ。」

リムジンが、すべるように教会《きょうかい》に近《ちか》づくと、駐車場《ちゅうしゃじょう》に集《あつ》まってきていたビーおばさんのクラスの子《こ》どもたちは、予想《よそう》どおりすっかり感心《かんしん》したようでした。子《こ》どもたちは、自分《じぶん》たちの乗《の》ってきたふつうの車《くるま》からおりて、二列《れつ》になって、しずかに教会《きょうかい》に入《はい》っていきました。男《おとこ》の子《こ》たちのほとんどは、パリッとした新《あたら》しいジーンズに清潔《せいけつ》なシャツを着《き》ていました。スーツを着《き》ている子《こ》も、二人《ふたり》ほどいました。女《おんな》の子《こ》たちは、いちばんのよそいきを着《き》ていました。ラモーナが見《み》るところ、この朝《あさ》、ポートランドでは、たくさんの頭《あたま》があらわれ、ビー先生《せんせい》のクラスの生徒《せいと》たちは、結婚式《けっこんしき》でのお行儀《ぎょうぎ》についてちゃんと勉強《べんきょう》してきたようでした。ここで、ラモーナは、自分《じぶん》が、くつに足《あし》を入《い》れるには、ぎゅうぎゅうおしこまなければならないことに気《き》がつきました。

結婚式《けっこんしき》にでる一行《いっこう》は、レセプションルームのとなりにある、ひかえの間《ま》に入《はい》りました。そこには、ホバートおじさんと、おじさんの付《つ》き添《そ》いをするハーウィのおとうさんをのぞくケムプ家《け》の人《ひと》びとがいました。ラモーナは、きれいなカールの上《うえ》にバラのかんむりをかぶったウィラジーンが、あんまりかわいかったのでびっくりしました。ハーウィは、半《はん》ズボンに、ひざまでのソックスをはいてかべにもたれていました。ラモーナは、ふてくされている点《てん》をのぞいては、ハーウィはハンサムといってもいい、と思《おも》いました。ところが、ハーウィったら、小声《こごえ》でこんな歌《うた》をうたいはじめたのです。

花嫁《はなよめ》がやってきた

色《いろ》は白《しろ》く、ははは広《ひろ》く
ぼってりふとって
そこへ、花婿《はなむこ》もやってきた
ほうきみたいにやせっぽち
介添《かいぞ》え人《にん》もやってきた
古《ふる》いトイレのすいせんにん

「ハーウィ、やめなさいよ！」と、ラモーナはせいいっぱいおそろしいささやき声《ごえ》でいいました。花嫁《はなよめ》に聞《き》こえたらどうするの？ 花嫁《はなよめ》は、ちゃんと聞《き》いていました。そして、わらいました。ハーウィぐらいの年《とし》の男《おとこ》の子《こ》がどんなものか、ビーおばさんは、百《ひゃく》も承知《しょうち》でした。ケムプさんのおばあちゃんは、まごに小《ちい》さなレースのクッションをわたしました。そこには、結婚指輪《けっこんゆびわ》が、糸《いと》でとめてありました。

「きっと落《お》っこちるよ」と、ハーウィは断言《だんげん》しました。

「だいじょうぶ、落《お》ちないわ。たしかめといたから」と、おばあちゃんはいいました。

「ビーザス、あたし、足《あし》がいたいの。くつがきつくて、たまらないの」と、ラモーナは、目《め》に涙《なみだ》をためてささやきました。

「あたしもなの」と、ビーザスもいいました。「あたし、とても祭壇《さいだん》まで歩《ある》けそうにないわ。」

ケムプさんのおばあちゃんは、会堂《かいどう》に入《はい》る順番《じゅんばん》に合《あ》わせて、みんなをならばせました。

「いったん会堂《かいどう》の正面《しょうめん》に立《た》ったら、けっして動《うご》かないこと」と、おばあちゃんはいいました。

「早《はや》く」と、ビーザスが小声《こごえ》でラモーナにいいました。「あんたのくつよこしなさい。」

びっくりして、ラモーナは、いうとおりにしました。一同《いちどう》が、レセプションルームを通《とお》って、教会《きょうかい》の正面玄関《しょうめんげんかん》に向《む》かって進《すす》んでいくとき、ビーザスは、くつを大《おお》きなシャクナゲの花束《はなたば》の中《なか》に落《お》としました。オルガンが鳴《な》りひびき、行列《ぎょうれつ》が進《すす》みはじめたとき、女《おんな》の子《こ》たちは、こみあげてくるクスクスわらいをかみころしました。ホバートおじさんの友《とも》だちで、パリッとした貸《か》し衣装《いしょう》に身《み》をつつんで案内係《あんないがかり》をしているおひげのおじさんたちは、女《おんな》の子《こ》たちを見《み》てにやっとわらいました。おじさんたちは、ハーウィのおかあさんとおばあちゃんを祭壇《さいだん》のすぐ近《ちか》くの席《せき》まで案内《あんない》していくと、女《おんな》の子《こ》たちといっしょにゆっくり祭壇《さいだん》へ歩《ある》いていくために、またもどってきました。

ラモーナとビーザスは、四つ数《かぞ》えてから、足《あし》をふみだしました。じゅうたんが足《あし》のうらをチクチクくすぐりました。ブーケは、緊張《きんちょう》のあまり、ふるえました。でも、二人《ふたり》は、ゆっくりと、威厳《いげん》をもって、案内人《あんないにん》のあとにつづきました。ラモーナの後《うし》ろで、ウィラジーンが四つ数《かぞ》えているのが聞《き》こえました。四つあとから、ウィラジーンがついてくるのがわかりました。そして、そのまた四つあとからハーウィがつづきます。とてつもなく長《なが》く思《おも》われる通路《つうろ》の先《さき》に、びっくりするほどハンサムなホバートおじさんとハーウィのおとうさんが、牧師《ぼくし》さんとならんで立《た》っていました。

とつぜん、会衆一同《かいしゅういちどう》が起立《きりつ》しました。ビーおばさんが、おとうさんのデイおじいちゃんに腕《うで》をとられて、会堂《かいどう》に入《はい》ってきたのです。ビーおばさんのクラスの生徒《せいと》たちは、先生《せんせい》の花嫁《はなよめ》すがたを一目見《ひとめみ》ようと首《くび》をのばしました。

祭壇《さいだん》に近《ちか》いラモーナの立《た》っているところから見《み》ると、ビーおばさんは、デイおじいちゃんに腕《うで》をとられて、ふわっとうかんでいるように見《み》えました。それから、おばさんもおじいちゃんも、きめられた場所《ばしょ》に着《つ》きました。式《しき》が始《はじ》まりました。おじいちゃんは、牧師《ぼくし》さんが、ビーおばさんの名《な》まえをよんだとき、「この女《おんな》を婚姻《こんいん》のためにわたして」から、いちばん前《まえ》の席《せき》にもどりました。これで、花嫁《はなよめ》の父《ちち》の役目《やくめ》は終《お》わりです。

すべては、問題《もんだい》なく進《すす》みました。ラモーナは、ソックスの中《なか》で足《あし》を動《うご》かしてごきげんでした。ところが、ハーウィのおとうさんが、クッションにのせた結婚指輪《けっこんゆびわ》をとりあげようとしたときです。わるいことに、ハーウィのおばあちゃんは、まごを信用《しんよう》していなかったので、指輪《ゆびわ》が転《ころ》がり落《お》ちないように、しっかりと糸《いと》でとめていたのです。そこで、ハーウィのおとうさんが指輪《ゆびわ》をとろうとしても、とれなかったのです。おとうさんは、指輪《ゆびわ》をひっぱりました。でも、とれません。そこで思《おも》いきりぐいっとひっぱりました。ハーウィはハーウィで、クッションをぎゅっとつかんでひっぱりました。指輪《ゆびわ》ははずれ、おとうさんの指《ゆび》の間《あいだ》をすべりぬけ、宙《ちゅう》をとんでどこかへ見《み》えなくなってしまいました。

集《あつ》まっていた人《ひと》たちは、息《いき》をのみました。ビーおばさんの生徒《せいと》たちは、式《しき》の間《あいだ》は動《うご》いてはいけないといわれていたので、銅像《どうぞう》のようにじっとしていました。式《しき》は、中断《ちゅうだん》しました。男《おとこ》の人《ひと》たちは、あちこち指輪《ゆびわ》をさがしはじめました。ビーおばさんさえ、スカートの下《した》に転《ころ》がったのではないかと、後《うし》ろへさがってみました。男《おとこ》の人《ひと》たちは、からだをかがめてさがしました。今《いま》にも床《ゆか》にひざをついて、手《て》でじゅうたんの上《うえ》をなでんばかりでした。ラモーナは、ビーおばさんのクラスの子《こ》どもたちがクスクスわらいださないようにと祈《いの》りました。

このときです。ビーおばさんがからだをかがめた瞬間《しゅんかん》、ラモーナの目《め》に何《なに》か光《ひか》るものが見《み》えました。

結婚指輪《けっこんゆびわ》は、花嫁《はなよめ》のハイヒールのかかとにはまっていたのです。どうしてまた、そんなところに？　指輪《ゆびわ》は転《ころ》がって、ビーおばさんのドレスの下《した》に転《ころ》がりこんだのです。そして、おばさんが一歩後《ぽうし》ろへさがったとき、おばさんはくつのかかとでそれをふんでしまったのにちがいありません。教会《きょうかい》の中《なか》がざわめきました。お客《きゃく》さんたちが、落《お》ちつかなくなって、ごそごそ始《はじ》めたのです。なんとかしなくてはなりません、それも今《いま》すぐ。

ラモーナはどうすればいいのでしょう？　ぜったいに動《うご》いてはいけないといわれて

います。でも、指輪《ゆびわ》がどこにあるか知《し》っているのは、ラモーナだけです。ラモーナは、大急《おおいそ》ぎで考《かんが》えました。どうしてケムプさんのおばあちゃんの命令《めいれい》にしたがう必要《ひつよう》があるでしょう？　指輪《ゆびわ》をきつくとめて、指輪《ゆびわ》が見《み》えなくなる原因《げんいん》をつくったのはおばあちゃんではありませんか。今《いま》にもだれかがくすっとわらいだすでしょう。そうしたら、会衆全員《かいしゅうぜんいん》がさわぎだすでしょう。ラモーナは、おばさんの結婚式《けっこんしき》がわらいものになるのはがまんなりませんでした。

ラモーナは、行動《こうどう》にうつる決心《けっしん》をしました、たとえそうすることで、自分《じぶん》がソックスしかはいていないことがみんなにわかってしまっても。ブーケを床《ゆか》におくと、ラモーナは、床《ゆか》に両手両《りょうてりょう》ひざをつきました。どうぞかんむりが落《お》ちませんように、そう祈《いの》りながら、ラモーナはおばさんのところまではっていって、スカートの下《した》に手《て》を入《い》れて、おばさんの足首《あしくび》をつかみました。びっくりしたおばさんが下《した》を見《み》たとき、ラモーナは、おばさんの足《あし》をもちあげて、くつのかかとから指輪《ゆびわ》をぬきとりました。それか

ら、ラモーナは、はったままもとのところまでもどり、ブーケをとりあげ、指輪《ゆびわ》を介《かい》添《ぞ》え人《にん》にわたしました。そして、もう一度自分《どじぶん》の場所《ばしょ》に、銅像《どうぞう》のようにまっすぐ立《た》ちました。頭《あたま》のかんむりはぶじでした。ビーおばさんは、パッと顔《かお》をかがやかせてラモーナにわらいかけました。声《こえ》にはだしませんでしたが、口《くち》はありがとうといっていました。

教会《きょうかい》にいた人《ひと》みんなが、ほっとしました。式《しき》は、まるで何事《なにごと》もなかったように進《すす》んでいきました。ああ、牧師《ぼくし》さんが、この二人《ふたり》の男女《だんじょ》は夫婦《ふうふ》です、と宣言《せんげん》する、あのロマンティックな瞬間《しゅんかん》！　ホバートおじさんは、ビーおばさんにキスし、オルガンがよろこびの音《おと》をあげました。両方《りょうほう》の家族《かぞく》は、大急《おおいそ》ぎで通路《つうろ》をぬけ、レセプションホールへと向《む》かいました。ハーウィのおばあちゃんの指図《さしず》で、お客《きゃく》さんたちのあいさつを受《う》けるために、一列《れつ》にならぶのです。お客《きゃく》さんたちは、三々五々《さんさんごご》流《なが》れをつくってやってきて、花嫁《はなよめ》にキスし、花婿《はなむこ》におめでとうをいいました。それから、ビーザスとラモーナに、かわいいとか、きれいとか、すてきとか、まるでお花《はな》みたいとかいいました。これは、ラモーナにとっては、新《あたら》しい経験《けいけん》でした。ある人《ひと》は、「ああ、これがきょうの危機《きき》をすくった女《おんな》の子《こ》ね」とか、「指輪《ゆびわ》を見《み》つけたのは犬《おお》てがらだったわね」とかいいました。一人《ひとり》の人《ひと》は、「あなたは正真正銘《しょうしんしょうめい》の小《ちい》さなヒロインね」と、いいました。ラモーナは、つつしみ深《ぶか》くほほえみました。一人《ひとり》のお年《とし》よりの紳士《しんし》は、「君《きみ》は、まるでぶちのある子犬《こいぬ》のようにかわいい」と、いいました。ラモーナは、こんなにうれしかったことはこれまでありませんでした。

ビーおばさんの生徒《せいと》たちは、花嫁《はなよめ》にキスをするのをはずかしがりました。そこで、花嫁《はなよめ》のほうが、一人一人《ひとりひとり》にキスしました。子《こ》どもたちの何人《なんにん》かは、ラモーナに「やあ」と、いいました。べつの子《こ》は、デイ先生《せんせい》から、あなたのことを聞《き》いているわ、といいました。君《きみ》が指輪《ゆびわ》を見《み》つけてくれてよかったよ、という子《こ》もいました。何人《なんにん》かの女《おんな》の子《こ》たちは、うらやましそうに、あなたのドレスとてもきれいね、といいました。何人《なんにん》もの男の子《おとこのこ》が、「おまえ、なんでくつはいてないんだ?」と、ききました。でも、ラモーナは平気《へいき》でした。あんまり幸《しあわ》せだったので、こうやっていつまでも立《た》っていたいと思《おも》いましたが、もちろん、お祝《いわ》いをいうお客《きゃく》さんの列《れつ》は、終《お》わりにきました。あいさつの人《ひと》たちがいなくなると、ケムプさんのおばあちゃんが、ラモーナに、指輪《ゆびわ》を見《み》つけてくれてありがとうと、ちゃんとお礼《れい》をいってくれました。そして、本心《ほんしん》からの笑顔《えがお》を見《み》せて、あなたとってもかわいく見《み》えるわよ、といってくれました。

ウェイターたちが、小《ちい》さいサンドイッチと、パンチと、シャンパンをのせたおぼんをまわしました。ラモーナが見《み》ていると、ビー先生《せんせい》のクラスの子《こ》たちは、サンドイッチを二切《ふたき》れしかとらないように気《き》をつけていました。ということは、ビーおばさんが、まえもって、お行儀《ぎょうぎ》のことを、ちゃんと話《はな》してあったということです。飲《の》みものをこぼす子《こ》は一人《ひとり》もいませんでしたし、はく子《こ》もいませんでした。

ラモーナは、サンドイッチを三切《みき》れとりました。花嫁《はなよめ》の家族《かぞく》だから、それくらいとってもいいだろうと思《おも》ったのです。それに、おなかもすいていました。サンドイッチをながつづきするように、チビチビとかじっているとき、ある考《かんが》えがひらめきました。ラモーナは、ビーザスに小声《こごえ》でいいました。「もし、ひもがあったら、あたしたちのくつ、ホバートおじさんのトラックのバンパーにぶらさげられるのにね。そしたら、もうはかなくてすむよ。」

ビーザスは、ふだんはまじめなのですが、この考《かんが》えには大賛成《だいさんせい》しました。「どこかにひもがあるはずよ。」

「あたし、ハーウィにきいてみる」と、ラモーナはいいました。

ハーウィは、かべにもたれて、サンドイッチをパクついていました。あんなにたくさんとって、とりすぎだ、とラモーナが思《おも》うくらいでした。ハーウィは、ビーおばさんのクラスの生徒《せいと》が、自分《じぶん》のことをあこがれのまなざしで見《み》つめるのに辟易《へきえき》していました。そこで、ラモーナの話《はなし》にとびつきました。

「おれ、このズボンのポケットにはひも入《い》れてないけど、でも、どっかで、ぜったい見《み》つけるよ。」

ハーウィは、ビーおばさんのクラスの男《おとこ》の子《こ》たちに、ひもを持《も》っていないかときいてまわりました。すると、はたして、何人《なんにん》かの子《こ》どもたちが、ポケットにひもを持《も》っていました。

ラモーナは、お花《はな》の間《あいだ》から、くつをとりだしました。でも、それをつけにトラックのところへ行《い》くのはいやでした。披露宴《ひろうえん》の会場《かいじょう》から出《で》たくなかったのです。ビーザスも同《おな》じでした。ここにいれば、次《つぎ》から次《つぎ》へと、いろんな人《ひと》がやってきて、二人《ふたり》のことをほめてくれます。それに、ビーザスは、同《おな》い年《どし》ぐらいの男《おとこ》の子《こ》が自分《じぶん》に話《はな》しかけたそうにこっちを見《み》ているのに気《き》がついていました。おまけに、花嫁《はなよめ》がウェディングケーキにナイフを入《い》れようとしているのです。

「あんた、やってきて」と、ラモーナはハーウィにくつをおしつけていいました。

ここをにげだしたいハーウィは、よろこんで「いいよ」と、いいました。ひもの提《てい》供者《きょうしゃ》たちもついていきました。そして、ケーキが切《き》りおわったころ、満足《まんぞく》げな顔《かお》をしてもどってきました。ケーキの分《わ》けまえにあずかるためです。

ラモーナは、これまであまりホバートおじさんにやさしくしてこなかったのをわるかったと思《おも》っていたので、なんとなくおじさんと会《あ》うのをさけていました。そのおじさんが、ラモーナをすみへよびました。

「ぼくの新《あたら》しいめいっ子《こ》に、ありがとうをいわなくっちゃ。指輪《ゆびわ》を見《み》つけて、きょうの日《ひ》をすくってくれたんだから」おじさんは、そういって、ラモーナにキスをしました。おじさんのひげは、思《おも》ったほどチクチクしませんでした。

「ありがとう、ホバートおじさん」と、ラモーナはいいました。はじめて「おじさん」とよんだので、はずかしい気《き》がしました。「おじさんがいるって、なんていうか、いいものね。それに、あたしたちのドレスを買《か》ってくれてありがとう。」

「どういたしまして。それに、ぼくも元気《げんき》のいいめいっ子《こ》がもう一人《ひとり》できてうれしいよ。」

ホバートおじさんとラモーナは、仲《なか》よしになりました。ついに平和到《へいわとう》来《らい》！

花嫁《はなよめ》が、ブーケを投《な》げました。ラモーナが見《み》たところ、ビーザスが、ビーザスをねらったようでした。ビーザスが、それを受《う》けました。ということは、次《つぎ》に花嫁《はなよめ》になるのはビーザスだということです。新《あたら》しいカップルは、お米《こめ》と鳥《とり》のえさにする種《たね》が、投《な》げつけられる中《なか》を、わらいながら、ホバートおじさんのトラックまで走《はし》り、行《い》ってしまいました。車《くるま》の後《うし》ろでは、バンパーからぶらさがった二足《そく》の白《しろ》いくつがおどっていました。結婚式《けっこんしき》は終《お》わりました。

クインビー家《け》の一同《いちどう》は、デイおじいちゃんがかりたリムジンに乗《の》りこみ、幸《しあわ》せなため息《いき》とともに、ふかふかしたシートに深《ふか》ぶかと身《み》をしずめました。このシートでテディベアができるわ、だって、こんなにやわらかくて、ふわふわしてるんだもの、とラモーナは思《おも》いました。

「あのトラックの後《うし》ろにぶらさがってた白《しろ》いくつ、おかしかったわね」と、おかあさんがいいました。「なんだか見《み》おぼえがあるくつだったけど。」

女《おんな》の子《こ》たちは、ワッとわらいだしました。「いたくてたまんなかったんだもの」と、ラモーナは告白《こくはく》しました。「きつすぎちゃって。」

おかあさんは、アルジーの上《うえ》に手《て》をのせて、やさしくほほえみました。「あんたた

ちにあのくつを買《か》ってあげたのは、もうずいぶんまえだものね。おかあさん、気《き》がつかなきゃいけなかったのに。」

ラモーナは、おとうさんも、おかあさんも、二人《ふたり》とも、そのうちラモーナがはけるようになるんだから、ビーザスのくつはとっておかなければいけなかったのに、といわなかったことにおどろきました。

「わしゃ、はらぺこで死《し》にそうだ」と、デイおじいちゃんがいいました。「花嫁《はなよめ》を花《はな》婿《むこ》にわたすっていうのは、大仕事《おおしごと》だ。あんなお上品《じょうひん》な食事《しょくじ》ではとてももたん。うちへ着《つ》いたら、ピザを注文《ちゅうもん》しよう。」

ピザだって！　とラモーナは思《おも》いました。リムジンにピザ！　申《もう》し分《ぶん》のない一日《にち》のしめくくりです。

10

もう一つの大《おお》きなできごと

結婚式《けっこんしき》のあと、だれもかれも気《き》ぬけしてしまいました、クリスマスの翌日《よくじつ》いつも感《かん》じるように、ただ、それよりもっとひどく。あれだけ興奮《こうふん》したあとでは、何《なに》をしてもおもしろくありません。デイおじいちゃんは、飛行機《ひこうき》で、カリフォルニアの太陽《たいよう》とシャッフルボードゲームのもとへもどっていきました。おとうさんは、一日《にち》じゅう働《はたら》いていました。お友《とも》だちは、キャンプとか、山《やま》とか、海《うみ》とかへ行《い》ってしまいました。ハ

ーウィとウィラジーンは、もう一人《ひとり》のおばあちゃんのところへ行《い》って、うちにはいませんでした。

「あんたたち、つまんなさそうに、だらだらするのよしなさい」と、おかあさんがいいました。

「だって、なんにもすることがないんだもの」と、ビーザスがいいました。

ラモーナは、だまっていました。文句《もんく》をいうと、おかあさんが、たんすの中《なか》を整理《せいり》しなさいというにちがいないからです。

「本《ほん》を読《よ》みなさい」と、おかあさんはいいました。「二人《ふたり》とも、本《ほん》を読《よ》めばいいじゃない。」

「もううちにある本全部《ほんぜんぶ》百万《ひゃくまん》べんも読《よ》んだよ」と、ラモーナはいいました。ラモーナは、ふだんは、お気《き》に入《い》りの本《ほん》を読《よ》みかえすのがすきだったのですが。

「なら、図書館《としょかん》へ行《い》ってらっしゃい」と、おかあさんはいいました。だいぶイライラしていたようでした。

「暑《あつ》すぎるんだもの」と、ラモーナはいいました。

おかあさんは、時計《とけい》を見《み》ました。

「おかあさん、だれか待《ま》ってるの?」と、ラモーナはききました。「時計《とけい》ばっかり見《み》てるけど。」

「たしかに待《ま》ってますよ」と、おかあさんはいいました。「まだ会《あ》ったことのない人《ひと》をね。」

おかあさんは、大《おお》きなため息《いき》をついて、ソファーにぐったりとすわりこみました。そして、もう一度《ど》時計《とけい》を見《み》て、それから目《め》をとじました。女《おんな》の子《こ》たちは、すまなそうに顔《かお》を見《み》あわせました。かわいそうに、おかあさんは、自分一人《じぶんひとり》でも暑《あつ》いのに、アルジーがおなかをけるんです。

「おかあさん、だいじょうぶ?」と、ビーザスが心配《しんぱい》してききました。

「だいじょうぶ」と、おかあさんはいいました。その声《こえ》の調子《ちょうし》が、あまりピシッとしていたので、女《おんな》の子《こ》たちは、しゃんとしました。

その晩《ばん》、女《おんな》の子《こ》たちは、おかあさんを助《たす》けて、ツナフィッシュのサラダと、うすく切《き》ったトマトの夕《ゆう》ごはんを作《つく》りました。ごはんを食《た》べているとき、おとうさんは、「ハワイの休日《きゅうじつ》」と銘打《めいう》った、パイナップルとパパイアのバーゲンセールが終《お》わって、シヨップライトマーケットでは、今度全店《こんどぜんてん》「西部流《せいぶりゅう》バーベキュー」ウィークのために、ステーキや、ベイクドビーンズや、トマトソースや、チリソースなどのとくべつセールの準備《じゅんび》をしているという話《はなし》をしました。おとうさんは、お店《みせ》の正面《しょうめん》の窓《まど》のところに、あばれ馬《うま》がはねている絵《え》をかくのだといいました。

おかあさんは、ほんの少《すこ》しサラダを口《くち》にして、またちらっと時計《とけい》を見《み》ました。

「そしたら、みんな、おとうさんの絵《え》を見《み》るんだ」と、ラモーナはいいました。おとうさんが、ただの支配人《しはいにん》ではなくて、画家《がか》でもあるのがうれしかったからです。

「美術館《びじゅつかん》の展覧会《てんらんかい》のようなわけにはいかんさ」と、おとうさんはいいました。ラモーナが思《おも》ったほどうれしそうではありませんでした。

おかあさんが、いすを後《うし》ろへやって、もう一度《ど》時計《とけい》を見《み》ました。みんなの目《め》がおかあさんに集中《しゅうちゅう》しました。

「お医者《いしゃ》さんに電話《でんわ》しようか？」と、おとうさんがききました。

「おねがいするわ」と、おかあさんはいいました。そして、テーブルに手《て》をついて立《た》ちあがると、アルジーをだくようにして、「う、うーん」と、大《おお》きく息《いき》をつきました。

ラモーナとビーザスは、びっくりしたのと、いよいよだなという気持《きも》ちで、顔《かお》を見《み》あわせました。ついに来《き》た！　五人《にん》めのクインビーが、まもなく到着《とうちゃく》するのです。何《なに》もかも、いままでとはまったくちがってくるでしょう。おとうさんは、お医者《いしゃ》さんが病院《びょういん》で待《ま》っているからとつたえました。ビーザスは、いわれるまえに、走《はし》っていって、おかあさんが何週間《なんしゅうかん》もまえから用意《ようい》してあったバッグをとってきました。

おかあさんは、ビーザスとラモーナにキスをしました。「そんなにこわそうな顔《かお》をしないで。何《なに》もかもうまくいくから。おりこうさんにしててね。おとうさんは、できるだけ早《はや》く帰《かえ》ってくるから」おかあさんは、そういって、もう一度《ど》からだをかがめて、アルジーをだきかかえました。

とつぜん、家《いえ》の中《なか》がからっぽになりました。女《おんな》の子《こ》たちは、車《くるま》がバックして車庫《しゃこ》の前《まえ》をでていく音《おと》を聞《き》き

ました。やがて、エンジンの音《おと》は、ほかの車《くるま》の音《おと》にまぎれてしまいました。

「さ、じゃあ、お皿《さら》でもあらおうか」と、ビーザスがいいました。

「そうね」と、ラモーナはいって、家《いえ》じゅうのドア――地下室《ちかしつ》へ行《い》くドアもふくめて――がしまっているかどうかたしかめました。

「ピッキィピッキィがいなくて残念《ざんねん》ね。みんな食《た》べなかったから、ツナこんなにのこっちゃったのに」といいながら、ビーザスはお皿《さら》のものをゴミ箱《ばこ》に入《い》れました。

自分《じぶん》でもびっくりしたことに、ラモーナは、急《きゅう》に泣《な》きだして、ふきんに顔《かお》をうずめました。

「あたし、おかあさんに帰《かえ》ってきてほしい」といって、ラモーナはすすり泣《な》きました。

ビーザスは、石《せっ》けんのついた手《て》を、すそを短《みじか》く切《き》ったジーンズのおしりのところでふきました。そして、ラモーナのからだに両手《りょうて》をまわしました。こんなことをしたのははじめてでした。

「心配《しんぱい》しないで、ラモーナ。何《なに》もかもうまくいくから。おかあさん、そういったでしょ。それに、あたし、おぼえてるわ、あんたが生《う》まれたときのこと。」

ラモーナは、少《すこ》しほっとしました。その気《き》になれば、おねえさんというものは妹《いもうと》をなぐさめることができるものなのです。

「あなたが生《う》まれたときも、おかあさん、元気《げんき》だったもの」と、ビーザスはいって、きれいなふきんをラモーナにわたしました。

時間《じかん》は、のろのろとすぎていきました。ながいオレゴンの夕《ゆう》ぐれが夜《よる》になりました。二人《ふたり》は、テレビをつけてみましたが、やっていたのは病院《びょういん》の番組《ばんぐみ》で、人《ひと》びとが走《はし》ったり、さけんだり、命令《めいれい》したりしていました。二人《ふたり》は、すぐテレビを消《け》しました。

「ビーおばさんとホバートおじさん、ぶじだといいね」と、ラモーナはいいました。女《おんな》の子《こ》たちは、ビーおばさんがいてくれたらいいのに、と思《おも》いました。おばさんは、こまったことがあっても快活《かいかつ》で、ラモーナたちの家族《かぞく》が来《き》てほしいと思《おも》ったときには、いつでも来《き》てくれました。でも、そのおばさんは、トラックに乗《の》って、カナダの高速《こうそく》道路《どうろ》をアラスカに向《む》かって走《はし》っているのです。ラモーナは、くまのことを考《かんが》えました。いじわるなくまのことを。それから、あの二足《そく》の白《しろ》いくつが、まだバンパーにぶらさがってぶらんぶらんゆれているかしらん、と思《おも》いました。電話《でんわ》のベルが鳴《な》り、ビーザスがとんでいきました。ラモーナは、まるで電気《でんき》の矢《や》がおなかをさしつらぬいたような気《き》がしました。

「そうー」ビーザスは、がっかりしたような声《こえ》をあげました。「わかったわ、おとうさん。いいの、いいの、あたしたち平気《へいき》だから。」

話《はなし》が終《お》わると、ビーザスは、ラモーナのほうに向《む》きなおって、早《はや》く知《し》らせが聞《き》きたくていきおいたっているラモーナにいいました。

「アルジー、まだ時間《じかん》がかかるらしいの。おとうさん、おかあさんのそばについていたいけど、あたしたち二人《ふたり》だけでだいじょうぶかって。あたし、平気《へいき》だっていったよ。

そしたら、おとうさん、あたしたちのこと、勇気《ゆうき》があるって。」

「ふうーん」と、ラモーナはいいました。ラモーナは、おとうさんに早《はや》く帰《かえ》ってきてほしかったのです。「そうだね、あたし、勇気《ゆうき》があると思《おも》うよ。」

その晩《ばん》は、いつになく暑《あつ》かったのですが、ラモーナは、窓《まど》を全部《ぜんぶ》しめました。

「あたしたち、もう寝《ね》たほうがいいみたいね」と、ビーザスはいいました。「あんた、よかったら、あたしのベッドでいっしょに寝《ね》てもいいよ。」

「おとうさんが帰《かえ》ってきたときのために、電気《でんき》つけといてあげたほうがいいよね」と、ラモーナはいって、玄関《げんかん》の電気《でんき》をつけました。居間《いま》の電気《でんき》も、ろうかの電気《でんき》もつけました。それから、おねえさんのベッドにもぐりこみ「おとうさん、転《ころ》んだりしたらたいへんだもんね」と、いいました。

「いい考《かんが》えだわ」と、ビーザスもいいました。二人《ふたり》とも、相手《あいて》が、電気《でんき》をつけたほうが安心《あんしん》だと思《おも》っていることを知《し》っていました。

「アルジー、早《はや》く来《く》るといいね」と、ラモーナはいいました。

「あたしも、そう思《おも》う」と、ビーザスがいいました。

女《おんな》の子《こ》たちは、ぐっすりとはねむりませんでした。ですから、ドアにかぎがさしこまれる音《おと》がしたとき、二人《ふたり》はすぐ目《め》をさましました。

「おとうさん？」と、ビーザスが大《おお》きな声《こえ》でいいました。

「ああ」といって、おとうさんはろうかを通《とお》って、ビーザスのへやにや

ってきました。「すばらしい知《し》らせだ。ロバータ・デイ・クインビー、六ポンド四オンス、(約《やく》二八〇〇グラム)、ぶじ誕生《たんじょう》。おかあさんも元気《げんき》だよ。」

「ロバータって、だれ?」と、まだ目《め》のさめきらないラモーナがききました。

「おまえの新《あたら》しい妹《いもうと》だよ。おとうさんの名《な》まえをとったのさ」と、おとうさんがいいました。

「**妹**《いもうと》?」今《いま》やラモーナの目《め》はパッチリあいていました。うちじゅうで、あんまりながいこと、あかちゃんのことをアルジーとよんできたので、もちろん、弟《おとうと》ができるのだろうと思《おも》いこんでいたのです。

「そうだよ、すばらしい妹《いもうと》だ」と、おとうさんはいいました。「さ、もう少《すこ》し寝《ね》なさい。今《いま》、朝《あさ》の四時《じ》だ。おとうさん、七時半《じはん》には起《お》きなきゃならんからね。」

次《つぎ》の朝《あさ》、おとうさんは寝《ね》ぼうして、立《た》ったまま朝《あさ》ごはんを食《た》べました。そして、半《はん》分《ぶん》ドアからでていきながら、さけびました。

「仕事《しごと》が終《お》わったら、みんなでホッパーバーガーへ行《い》って晩《ばん》ごはんを食《た》べて、それから、おかあさんとロバータに会《あ》いにいこう。」

一日《にち》はながく、さびしくすぎました。公園《こうえん》のプールへスイミングレッスンに行《い》っても、図書館《としょかん》へ行《い》っても、時間《じかん》は早《はや》くたってはくれませんでした。

「ロバータ、どんな顔《かお》してるかしら？」と、ビーザスがいいました。

「ゆりかごからでたら、だれのへやで寝《ね》るんだろう？」と、ラモーナは心配《しんぱい》しました。

その日《ひ》のうちで、一つうれしかったのは、おかあさんからの電話《でんわ》でした。おかあさんは、ロバータが、とてもきれいな、健康《けんこう》な妹《いもうと》だといいました。早《はや》くうちへつれて帰《かえ》りたくてたまらない。うちのむすめたちがりっぱにおるす番《ばん》をしてくれているのを、誇《ほこ》らしく思《おも》っている、とおかあさんはいいました。これを聞《き》いて、ラモーナとビーザスは、とてもうれしくなり、うちじゅうはたきをかけ、掃除機《そうじき》をまわしました。すると、時間《じかん》が早《はや》くたちました。ようやくおとうさんが帰《かえ》ってきました。おとうさんは、くたびれはてているように見《み》えましたが、ハンバーガーを食《た》べ、そのあと五番《ばん》めのクインビーに会《あ》いにいくために、女《おんな》の子《こ》たちをつれだしました。

病院《びょういん》の入《い》り口《ぐち》の段《だん》だんをのぼるとき、ラモーナは、心臓《しんぞう》がどきどきしているのがわかりました。花《はな》を持《も》った人《ひと》や、看病《かんびょう》づかれした人《ひと》など、お見《み》まいの人《ひと》たちが、エレベーターのほうへ歩《ある》いていきました。看護婦《かんごふ》さんが急《いそ》ぎ足《あし》で通《とお》り、お医者《いしゃ》さんをよびだす院内放送《いんないほうそう》が聞《き》こえました。ラモーナは、興奮《こうふん》でどうにかなりそうでした。エレベーターであがっていくとき、まるで胃《い》だけ一階《かい》にのこっているような気《き》がしました。エレベーターがとまると、おとうさんが先《さき》にたってろうかを進《すす》みました。

「失礼《しつれい》」と、一人《ひとり》の看護婦《かんごふ》さんがラモーナたちをよびとめました。

三人《にん》は、びっくりして、立《た》ちどまるとふりかえりました。

「十二歳以下《さいいか》のお子《こ》さんは、新生児病棟《しんせいじびょうとう》には入《はい》れないことになっています」と、その看護婦《かんごふ》さんはいいました。「その小《ちい》さいおじょうちゃん、あなたは下《した》へおりて、ロビーで待《ま》っていてください。」

「それはまたどうしてですか？」とおとうさんがききました。

「十二歳以下《さいいか》のお子《こ》さんは、伝染性《でんせんせい》の病気《びょうき》をもっているかもしれないのです」と、看《かん》護婦《ごふ》さんは説明《せつめい》しました。「あかちゃんを保護《ほご》しなければなりませんので。」

「ごめん、ラモーナ」と、おとうさんはいいました。「おとうさん、知《し》らなかった。看《かん》護婦《ごふ》さんのおっしゃるとおりにしなきゃならんね。」

「あたしに、バ、イ、キ、ン、が、つ、い、て、い、る、ってこと？」と、ラモーナはききました。侮辱《ぶじょく》された気《き》がしました。「あたし、朝《あさ》、シャワーあびたし、さっきホッパーバーガーのお店《みせ》でも手《て》あらったから、とくべつきれいだよ。」

「子《こ》どもは、ときどき何《なに》かにかかっていて、それに気《き》がついていないことがあるんだよ」と、おとうさんが説明《せつめい》しました。「さ、おねえさんなんだから、下《した》へおりて、待《ま》ってなさい。」

ラモーナの目《め》に、失望《しつぼう》の涙《なみだ》がにじんできました。でも、一人《ひとり》でエレベーターに乗《の》るのは、ちょっぴりうれしくもありました。一階《かい》のロビーに着《つ》いたとき、ラモーナは、さっきより、もっと腹《はら》が立《た》ってきました。看護婦《かんごふ》さんは、ラモーナのことを、小《ちい》さいおじょうちゃんといい、おとうさんは、おねえさんなんだからといいました。いったいラモーナは、なんなんでしょう？　バイキンのついた女《おんな》の子《こ》なんです。

ラモーナは、ビニールレザーの長《なが》いすのはしっこにおしりをちょっとのせてすわりました。後《うし》ろへもたれたら、いすにバイキンをつけるかもしれません。それとも、バイキンがラモーナにつくかもしれません。ラモーナは、ぐっとつばをのみこんでみました。ちょっとのどがいたいかしら？　ずうっとおくのほうがいたいような気《き》がします。ラモーナは、熱《ねつ》があるかもしれないとき、おかあさんがするように、おでこに手《て》をあててみました。あつい。あつすぎるかも。

待《ま》っている間《あいだ》に、ラモーナは、水疱瘡《みずぼうそう》にかかったときみたいに、からだがかゆくなりました。頭《あたま》がかゆくなり、背中《せなか》がかゆくなり、足《あし》がかゆくなりました。ラモーナはかきはじめました。女《おんな》の人《ひと》が来《き》て、同《おな》じいすにすわりましたが、ラモーナを見《み》て、さっと立《た》ち、べつのいすに行《い》ってしまいました。

ラモーナは、ますます気分《きぶん》がわるくなりました。からだは、ますますかゆくなり、ラモーナは、何度《なんど》もっと強《つよ》くかきました。のどもはれてきたのではないかと、ラモーナは、何度《なんど》もつばをのみこんでみました。ブラウスのえりのところから、じんましんがでていないかとのぞきこんでみましたが、おどろいたことに、なんにもでていませんでした。もうじき水《みず》ばながたれてくるのではないかと、ときどき鼻《はな》をふんふんしてみました。

ラモーナは、今《いま》や腹《はら》が立《た》っていました。もし、このけちな病院《びょういん》のまん中《なか》でラモーナが何《なに》かひどい病気《びょうき》でたおれたら、みんな大《おお》さわぎすることでしょう。いい気味《きみ》です。そうなったら、この場所《ばしょ》が、どんなに無菌状態《むきんじょうたい》だったかが、みんなにもわかるでしょ

うから。ラモーナは、からだをくねくねさせて、肩甲骨《けんこうこつ》の間《あいだ》の、いちばん手《て》がとどきにくいところを、力《ちから》いっぱいかきました。それから、両手《りょうて》で頭《あたま》をかきむしりました。

通《とお》る人《ひと》が立《た》ちどまって、ラモーナを見《み》ました。

白《しろ》い服《ふく》を着《き》て、ポケットから聴診器《ちょうしんき》をぶらさげた男《おとこ》の人《ひと》が、ロビーを急《いそ》ぎ足《あし》でやってきました。その人《ひと》は、ラモーナに目《め》をとめると、立《た》ちどまって、じっとラモーナを見《み》ました。

「気分《きぶん》はどう?」と、その人《ひと》はききました。

「最悪《さいあく》」と、ラモーナはこたえました。「看護婦《かんごふ》さんが、あたしはバイキンがいっぱいついてるから、おかあさんにも、今度生《こんどう》まれた妹《いもうと》にも会《あ》っちゃいけないっていったの。けど、あたし、今《いま》ここで、なんかの病気《びょうき》にかかったと思《おも》う。」

「なるほど」と、そのお医者《いしゃ》さんはいいました。「お口《くち》あけて、アーっていってごらん。」

ラモーナは、げぇっとなるまで、アーといいました。

「ふぅーむ」と、お医者《いしゃ》さんは口《くち》の中《なか》でいいました。あんまり真剣《しんけん》に見《み》えたので、ラモーナはぎょっとしました。それから、お医者《いしゃ》さんは、聴診器《ちょうしんき》をとりだして、ラモーナの胸《むね》と背中《せなか》の音《おと》を聞《き》きました。同時《どうじ》にトントンとからだを軽《かる》くたたきながら。何《なに》が聞《き》こえているんだろう？　からだの中《なか》のどこかわるいんだろうか？　どうしておとうさん来《こ》ないんだろう？

お医者《いしゃ》さんは、まるで自分《じぶん》の最悪《さいあく》の予想《よそう》があたったというようにうなずきました。

「思《おも》ったとおりだ」といって、お医者《いしゃ》さんは、処方箋《しょほうせん》の紙《かみ》をとりだしました。

お薬《くすり》だって、うぅーっ！　ラモーナは、ごそごそするのをやめました。鼻《はな》ものども、なんともありませんでした。

「もう気分《きぶん》よくなりました」と、ラモーナは、処方箋《しょほうせん》をうたがい深《ぶか》そうに見《み》ながらいいました。

「急性《きゅうせい》シブリング炎《えん》だね。このあたりじゃちっともめずらしくないが、でもながいことほうっておいてはいかん。」

お医者《いしゃ》さんは、書《か》き入《い》れた処方箋《しょほうせん》を切《き》りはなして、ラモーナに、これをおとうさんにわたしなさいというと、急《いそ》ぎ足《あし》で行《い》ってしまいました。

ラモーナは、お医者《いしゃ》さんのいった病名《びょうめい》をおぼえられませんでした。お医者《いしゃ》さんが走《はし》り書《が》きした字《じ》を判読《はんどく》しようとしましたが、わかりませんでした。ラモーナは、先生《せんせい》が黒板《こくばん》に書《か》くような、きちんとした字《じ》しか読《よ》めないのです。

またかゆくなってきました。それでも、じっとその紙切《かみき》れを見《み》ていると、エレベーターから、ビーザスとおとうさんがおりてきました。

「ロバータって、そりゃちっちゃいの」と、ビーザスはうれしさに顔《かお》をかがやかせていいました。「それに、かわいいったらないの。丸《まる》まっちい、ちっちゃな鼻《はな》をしてて……ああ、一目《ひとめ》でも見《み》たら、大《だい》すきになるわ。」

「あたし、病気《びょうき》なの」と、ラモーナは、できるだけあわれっぽくいいました。「なんだかわからないけど、ひどいものにかかっちゃったの。お医者《いしゃ》さんが、そういった。」

ビーザスは、てんで聞《き》いてはいませんでした。「ロバータは、髪《かみ》は茶色《ちゃいろ》でねえ――」

おとうさんが、それをさえぎっていいました。「いったい、どうしたんだい、ラモーナ？」

「お医者《いしゃ》さんが、あたしが、何《なに》かにかかっているっていったの。ナントカ炎《えん》だって。そいで、すぐこれのまなきゃいけないって。」

ラモーナは、おとうさんに処方箋《しょほうせん》をわたしました。そして、片方《かたほう》の肩《かた》をかきました。

「そうしないと、もっと病気《びょうき》になるって。」

おとうさんは、つづけ字《じ》で書《か》かれた処方箋《しょほうせん》を読《よ》みました。そして、おかしなことをしました。おとうさんは、ロビーのまん中《なか》でラモーナをだきあげて、高《たか》い高《たか》いをし、それから、ぎゅっとだきしめて、キスをしました。かゆいのがとまり、ラモーナはぐっと気分《きぶん》がよくなりました。

「おまえは、急性《きゅうせい》シブリング炎《えん》にかかったんだ」と、おとうさんは、説明《せつめい》しました。

「炎《えん》っていうのは、炎症《えんしょう》のことさ。」

ラモーナは、シブリングということばは、もう知《し》っていました。おとうさんが先生《せんせい》になる勉強《べんきょう》を始《はじ》めてから、おにいさんや弟《おとうと》、おねえさんや妹《いもうと》のことをひとまとめにして、シブリング（同胞《どうほう》）というようになっていたからです。

「お医者《いしゃ》さんは、おまえが、新《あたら》しいシブリング（妹《いもうと》）に会《あ》うことをゆるされなかったので、腹《はら》が立《た》って、落《お》ちつかなくなっているのがよくわかったんだ。だから、もっとおまえのめんどうをよくみるようにって、処方箋《しょほうせん》を書《か》いたのさ」と、おとうさんは、説明《せつめい》しました。「さ、早《はや》く行《い》ってアイスクリームコーンを買《か》おう。でないと、おとうさん、立《た》ったままねむってしまいそうだ。」

ビーザスは、ラモーナに、ロバータはとてもかわいらしくて、シブリング（同胞《どうほう》）などというつまらないことばでよぶなんてとんでもない、といいました。ラモーナは、ばかみたいだったと思《おも》いましたが、でも、気分《きぶん》はずっとよくなりました。

それから、三日《みっか》というもの、ラモーナは、病院《びょういん》へ本《ほん》を持《も》っていって、ロビーにすわりました。でも、本《ほん》を読《よ》んだわけではありません。まだ見《み》ぬ新《あたら》しいロバータに会《あ》わせてもらえないこの不当《ふとう》なあつかいにむくれていたのでした。

四日《よっか》め、おとうさんは、ショップライトマーケットから一時間早《じかんはや》びけをしてきました。そして、清潔《せいけつ》な服《ふく》を着《き》て待《ま》っていたラモーナとビーザスをひろって、車《くるま》で病院《びょういん》に行《い》きました。おかあさんと新《あたら》しいむすめをうちにつれてかえるためです。

ラモーナは、おかあさんが見《み》えたとき、ビーザスのそばへすりよりました。おかあさんは、看護婦《かんごふ》さんの押《お》す車《くるま》いすに乗《の》って、ピンクのつつみをだいて、エレベーターからあらわれました。そのあとから、おとうさんが、バッグを持《も》ってついてきました。

「おかあさん、歩《ある》けないの?」と、ラモーナはききました。

「もちろん、歩《ある》けるわ」と、ビーザスはこたえました。「でも、病院《びょういん》は、みんなが病《びょう》院《いん》の外《そと》へ出《で》るまで転《ころ》んだりしないように気《き》をつけてるの。そうじゃないと、あとで訴《そ》訟《しょう》されて、百万《ひゃくまん》ドルも損害賠償《そんがいばいしょう》を要求《ようきゅう》されたりするからね。」

おかあさんは、女《おんな》の子《こ》たちを見《み》て、手《て》をふりました。ロバータの顔《かお》は、ピンクの毛《もう》布《ふ》のはしにかくれていました。けれども、看護婦《かんごふ》さんは、新《あたら》しいあかちゃんの顔《かお》を見《み》たくてたまらないでいる女《おんな》の子《こ》のために立《た》ちどまったりしませんでした。自動《じどう》ドアを通《とお》りぬけて、待《ま》っている車《くるま》のところまで車《くるま》いすを押《お》していきました。

おかあさんとロバータが車《くるま》の前《まえ》の助手席《じょしゅせき》に落《お》ちつき、ビーザスとラモーナが、後《うし》ろの席《せき》に乗《の》りこんだとたん、ラモーナは、「ねぇ、あかちゃん、見《み》てもいい?」と、ききました。

「もちろんよ、さあさ、見《み》てちょうだい」そのあと、おかあさんの口《くち》から、ラモーナが聞《き》いたこともないようなすてきなことばがでてきました。「ああ、ラモーナ、おまえに会《あ》えなくて、おかあさん、ほんとにさびしかったわ」そういって、おかあさんは、

毛布《もうふ》のはしをおって、あかちゃんの顔《かお》が見《み》えるようにしてくれました。

ラモーナは、新《あたら》しい妹《いもうと》の顔《かお》を一目《ひとめ》見《み》るため、前《まえ》の席《せき》のほうに、からだをのりだしました。このとき、ラモーナは、ロバータにバイキンをふきかけないように息《いき》を止《と》めました。ロバータは、「あかちゃんの名《な》まえ」という本《ほん》にでていたあかちゃんの絵《え》とぜんぜんにていませんでした。顔《かお》はピンク、というか赤《あか》に近《ちか》く、髪《かみ》の毛《け》は、本《ほん》の表紙《ひょうし》にあったあかちゃんのすべすべしたうすい色《いろ》とちがって、黒《くろ》くてもしゃもしゃでした。ラモーナは、なんといっていいかわかりませんでした。かわいらしいとか、すてきだとかいうことばが、このあかんぼうに合《あ》うとは、思《おも》えませんでした。

「生《う》まれたばかりのときのおまえにそっくりよ」と、おかあさんがいいました。

「ほんと？」ラモーナには、信《しん》じられませんでした。自分《じぶん》が、かつてこんなまっかな、顔《かお》にしわをよせた、ちっちゃな生《い》きものだったなんて、想像《そうぞう》もできません。

「どうだい、新《あたら》しい妹《いもうと》にご対面《たいめん》の感想《かんそう》は？」と、おとうさんがききました。

「すごく…すごくちっちゃい」と、ラモーナは正直《しょうじき》にいいました。

ロバータが、青《あお》みがかった灰色《はいいろ》の目《め》をあけました。

「おかあさん！」と、ラモーナはさけびました。「あかちゃん、寄《よ》り目《め》だ。」

おかあさんは、わらいました。「あかちゃんはみんな、ときどき寄《よ》り目《め》しているように見《み》えるの。目《め》の焦点《しょうてん》を合《あ》わせることができるようになったら、自然《しぜん》になおるのよ。」

そのとおりでした。ロバータの目《め》は、一瞬《いっしゅん》ちゃんとなって、それからまた寄《よ》り目《め》になりました。あかちゃんは、口《くち》を動《うご》かしていましたが、まるで口《くち》で何《なに》をしたらいいかわからないみたいでした。クフンクフンと鼻《はな》を鳴《な》らし、それから、片手《かたて》を、これはなんのためにあるんだろうというようにつきだしました。

「あかちゃんの寝《ね》まき、どうしてそでぐちにポケットがついてるの？　手《て》がでないじゃない」と、ラモーナはききました。

「自分《じぶん》で自分《じぶん》をひっかいちゃいけないからよ。まだ小《ちい》さいから、つめでひっかくといけないってことがわからないから」と、おかあさんが説明《せつめい》してくれました。

ラモーナは、自分《じぶん》の席《せき》にもどってシートベルトをしめました。自分《じぶん》が昔《むかし》ロバータみたいだったなんて、おどろきです！　自分《じぶん》もはじめは、あんなにちいちゃかったんだ。それが、大《おお》きくなって、今《いま》では、くしでとくことさえわすれなければ、髪《かみ》の毛《け》もきちんとおさまっているし、目《め》の焦点《しょうてん》を合《あ》わせることも、手《て》の使《つか》い方《かた》も知《し》っています。

「ねえ、あたし思《おも》うんだけど」と、ラモーナはいって、「なあに?」と、きかれるまえにつづけました。「あたし、あかちゃんでいるってたいへんな仕事《しごと》だと思《おも》う。」

ラモーナは、まるでこれまでだれも気《き》がつかなかった何《なに》かを発見《はっけん》したようにいいました。そして、このことばといっしょに、おかあさんの腕《うで》の中《なか》にいる、このちっちゃな人《ひと》に対《たい》して、自分《じぶん》でも予想《よそう》しなかった愛情《あいじょう》と同情心《どうじょうしん》がわいてきました。

「そんなふうに思《おも》ったことなかったけれど、おまえのいうとおりだと思《おも》うわ」と、おかあさんがいいました。

「大《おお》きくなるってことも大仕事《おおしごと》だ」と、車《くるま》を運転《うんてん》して病院《びょういん》からでていきながら、おとうさんがいいました。「おとなでいるってことも、ときには骨《ほね》のおれる仕事《しごと》だよ。」

「そうだね」と、ラモーナはいって、もう少《すこ》し考《かんが》えました。ラモーナは、歯《は》がぬけそうになったときのことや、のどがはれたときのことを考《かんが》えました。けんかのことや、先生《せんせい》に誤解《ごかい》されたときのこと、買《か》ってもらえない自転車《じてんしゃ》がほしくてたまらなかったこと、おとうさんとおかあさんが口《くち》げんかして心配《しんぱい》だったときのこと、そんなつもりじゃなかったのに、ビーザスをきずつけてしまったときどんなにつらかったか、そして、毎日毎日《まいにちまいにち》、お

かあさんがむかえにくるまで、ケムプさんのおばあちゃんのところにいなければならなかった午後の時間がどんなにながかったか、などについて考えました。でも、ラモーナは、それら全部を生きのびたのです。

「おかしいねえ」と、ラモーナは、おとうさんが車を車庫の前の道に入れたときにいいました。

「何がおかしいの？」と、おかあさんがききました。

「あたしが、ずっとまえ、ロバータみたいにちっちゃくて、へんな顔してて、目が寄り目だったってこと」と、ラモーナはいいました。「それが、見て、今じゃ、こんなにりっぱなんだもの！」

「へまをやらかさないときにはね」と、ビーザスがいいました。

小さすぎるロバータをのぞいて、家族みんながわらいました。でも、ラモーナは、気にしませんでした。

「そうだよ、へまはするけど、りっぱだよ」と、ラモーナはいいました。ラモーナは、幸《しあわ》せでした。大《おお》きくなることを目《め》ざして勝《か》ち進《すす》んでいくのです。

訳者《やくしゃ》あとがき

この「ラモーナとあたらしい家族《かぞく》」は、みなさんが初《はじ》めて手《て》にされたラモーナの本《ほん》でしょうか。それとも「ビーザスといたずらラモーナ」にはじまるラモーナの本《ほん》を、もう何冊《なんさつ》もお読《よ》みになっていて、新《あたら》しいラモーナの本《ほん》が出《で》たというので、さっそくたのしみに手《て》にとってくださったのでしょうか。

もし、本書《ほんしょ》で初《はじ》めてラモーナに出会《であ》ったとおっしゃる方《かた》には、ラモーナはこれまでにもう六冊《さつ》の本《ほん》があること、最初《さいしょ》に登場《とうじょう》したときには、ラモーナはまだ幼稚園《ようちえん》にも行《い》っていない、ほんの小《ちい》さな女《おんな》の子《こ》だったこと、作者《さくしゃ》のベバリイ・クリアリーさんは、このシリーズを半世紀《はんせいき》にわたって書《か》き続《つづ》けていらっしゃること、そして、ラモーナの本《ほん》は、どれをとってもほんとうにおもしろいことを申《もう》し上《あ》げておきましょう。

ラモーナのシリーズどころか、それに先立《さきだ》つヘンリーくん（ヘンリーくんというのは、同《おな》じクリッキタット通《どお》りに住《す》む男《おとこ》の子《こ》で、ラモーナのおねえさんビーザスの友《とも》だちです）のシリーズからずっと読《よ》んでいる、とおっしゃる方《かた》には、もう何《なに》も申《もう》し上《あ》げることはありますまい。その方々《かたがた》は、きっと本書《ほんしょ》を、よく知《し》っている家族《かぞく》の近況《きんきょう》を伝《つた》えてくれる長《なが》い、長《なが》いお手紙《てがみ》でもあるように、たのしんで読《よ》んでくださったに違《ちが》いありませんから。

「ラモーナ、八歳《さい》になる」のあとがきで、私《わたくし》は、長《なが》いあいだラモーナにぴったり心《こころ》をそわせて生《い》きていらっしゃった作者《さくしゃ》のベバリイ・クリアリーさんは、おそらくラモーナのことを、ほんとうのお子《こ》さんよりも、もっと自分《じぶん》の子《こ》どものように思《おも》っていらっしゃるだろうと書《か》きました。訳者《やくしゃ》の私《わたくし》も、ほとんど同《おな》じ気持《きも》ちです。ラモーナは、私《わたくし》が実際《じっさい》に知《し》っている子《こ》どもより、私《わたくし》には親《した》しい存在《そんざい》です。長《なが》いあいだ、このシリーズを読《よ》みつづけてきた人《ひと》たちにとっても、クインビー家《け》の人々《ひとびと》は、もう他人《たにん》ではありえないでしょう。

平凡《へいぼん》な生活《せいかつ》を平明《へいめい》な筆致《ひっち》で描《えが》いたこれらの物語《ものがたり》は、オレゴンの風土《ふうど》に根《ね》をおろし、アメリカならではの物語《ものがたり》でありながら、日本の子《こ》どもたちにも、大《おお》きな共感《きょうかん》をよんでいます。ていねいに読《よ》めば読《よ》むほど、このシリーズが子《こ》どもたちに絶大《ぜつだい》な人気《にんき》をたもっているのはむべなるかなと納得《なっとく》し、作者《さくしゃ》の手腕《しゅわん》の非凡《ひぼん》さに感心《かんしん》せずにはいられません。

二〇〇二年十月

松《まつ》岡《おか》享《きょう》子《こ》

■作者紹介　ベバリイ・クリアリー（一九一六〜二〇二一）

一九一六年米国オレゴン州の小さないなか町に生まれ、六歳のときポートランドに移り、高校卒業までそこで過ごした。カリフォルニア大学を卒業後、さらにワシントン大学で図書館学を学び、一九四〇年に結婚するまで、ワシントンのヤキマで児童図書館員として働いた。結婚後も、第二次大戦中は陸軍病院の図書館で働くなど図書館員としての十分な経験をつんだ。

長い間子どもの本を扱ううち、クリアリーは、子どもの本について一つの不満を持つようになった。それは、子どもの本といえば、ふだんの子どもたちの生活からは程遠い世界を描いたものが多く、ふつうの子どもたちのことを描いた、ゆかいな物語が少ないということだった。そこで、現実の子どもの生活をありのままに描いた物語の必要を痛感し、児童図書館員として子どもに接した豊富な経験を生かして、子どもの本の創作の道にはいった。

第一作が、一九五〇年発表の「がんばれヘンリーくん」で、たちまち子どもたちの間でひっぱりだこになり、続いて、「ヘンリーくんとアバラー」「ヘンリーくんとビーザス」「ラモーナは豆台風」などを書いた。このヘンリーくんとラモーナの一連の物語、十四作品は約半世紀にわたって書きつづけられた。一九七五年にアメリカ図書館協会のローラ・インガルス・ワイルダー賞を、一九八〇年にカトリック図書館協会のレジーナ賞を受賞した。

■画家紹介　**アラン・ティーグリーン**

一九三五年、米国アイダホ州に生まれる。南ミシシッピー大学に学び、さらにロサンゼルス美術大学を優秀な成績で卒業した。その後、アートディレクターとして商業美術の仕事をするかたわら、絵画の制作、さし絵の仕事と、多方面で活躍。一九六五年には全国絵画展で受賞、一九六七年アトランタ州のアートディレクター金メダル賞を受賞した。

■訳者紹介　**松岡享子**　（一九三五〜二〇二二）

一九三五年神戸に生まれ、神戸女学院大学英文科、慶應義塾大学図書館学科を卒業後、一九六一年に渡米。ウェスタンミシガン大学大学院で児童図書館学を学んだ後、ボルチモアの市立図書館に勤務。一九六三年帰国後、大阪市立中央図書館を経て、自宅で家庭文庫を開き、児童文学の翻訳、創作、研究を続けた。一九七四年に石井桃子氏らと公益財団法人東京子ども図書館を設立。二〇一五年、同館の名誉理事長に就任。そのほか、一九九二年、一九九四年に国際アンデルセン賞選考委員などを歴任。「ラモーナとあたらしい家族」で二〇〇四年度国際児童図書評議会IBBYオナーリスト（優良作品　翻訳部門）に選ばれた。創作には「なぞなぞのすきな女の子」「じゃんけんのすきな女の子」（Gakken）「おふろだいすき」「くしゃみくしゃみ天のめぐみ」（福音館書店）、翻訳には「しろいうさぎとくろいうさぎ」「くまのパディントン」シリーズ（福音館書店）、「ゆかいなヘンリーくん」シリーズ（Gakken）など多数。

学研の《児童図書》

〈小学校中学年から〉

ゆかいなヘンリーくんシリーズ 全9巻

●全国学校図書館協議会必読図書

アメリカの男の子、女の子の生活を生き生きとえがいたたのしい物語。

ベバリイ・クリアリー作　松岡享子訳　ルイス・ダーリング絵

がんばれヘンリーくん 1

●ヘンリーくんは小学三年生。どこにでもいるごくふつうの男の子です。ある日、街角でやせこけた犬を拾い、こっそりバスに乗せて家までつれて帰ろうとしましたが、とちゅうで犬があばれだして大さわぎ。それいらい、ヘンリーくんのまわりには、次つぎにドタバタが起こります。

ヘンリーくんとアバラー 2

●ヘンリーくんの飼い犬アバラーは、ネコを追いかけたり、パトカーから警官のおべんとうをもってきたり、行くさきざきでさわぎを起こし、ヘンリーくんをうんざりさせます。けれど、ときにはよいこともします。サケ釣りにいったヘンリーくんは、アバラーのおかげで大かつやく……。

ヘンリーくんとビーザス 3

●友だちが新品の自転車をかっこよく乗りまわすのを見て、ヘンリーくんは、自転車がほしくなりました。なんとかしてお金をためようと、仲のよいビーザスの協力を得て、いろいろ知恵をしぼりますが、次つぎと変なことにまきこまれるばかり。さて、ヘンリーくんは……。

ビーザスといたずらラモーナ 4

●ヘンリーくんの友だちのビーザスのなやみのたねは、いもうとのラモーナです。ラモーナったら、どうして、こう次から次へと、いたずらばかり思いつくのでしょう。図書館の本事件、アバラー事件、リンゴ事件。すっかり、ゆううつになったビーザスでしたが……。

心が豊かになる

世界の童話

ヘンリーくんと新聞配達 5

●新聞をキュッとしごいてポーンと玄関に投げこむ――かっこいい新聞配達の姿にあこがれて、ヘンリーくんは新聞配達員になろうと決心しました。けれど、まだ年のいかないヘンリーくんは、やとってもらえません。涙ぐましい努力のすえに、ようやくチャンスをつかみましたが……。

ヘンリーくんと秘密クラブ 6

●ヘンリーくんは、ある日、車庫をこわしたあとの古材木を見つけて小屋を作ることを思いつきました。友だちのロバートとマーフと三人で、りっぱなクラブ小屋を作りあげ、「女の子立入禁止」の立て札をたてて、とくいまんめんでしたが、またしても、いたずらラモーナのために……。

アバラーのぼうけん 7

●ヘンリーくんの飼い犬アバラーは、まいごになってしまいました。家じゅうで買い物に行ったとき、町のまん中ではぐれてしまったのです。さあ、どうすればヘンリーくんのもとへ帰れるでしょうか。アバラーの行くさきざきで、はちゃめちゃな事件が起こります。

ラモーナは豆台風 8

●幼稚園にかようことになったラモーナは、もうあかちゃんあつかいはごめんとばかり、おおはりきり。ところが、第一日目から、すべてラモーナの思いどおりにいかないのです。やんちゃで、ちょっぴり元気すぎるラモーナに、幼稚園も大そうどうです。

ゆうかんな女の子ラモーナ 9

●活発で元気なラモーナが、いよいよ小学校にあがることになりました。はりきって出かけましたが、入学第一日目から、おかしなさわぎをおこしてしまいました……ゆかいな失敗をくりかえしながら、ラモーナは成長していきます。

学研の《児童図書》

愛読《あいどく》されているベバリイ・クリアリー作品《さくひん》

ラモーナの物語

ラモーナ、八歳《さい》になる

●おとうさんが、クインビー家《け》の将来《しょうらい》はラモーナの肩《かた》にかかっているといいます。でも、ゆでたまご事件《じけん》をおこしたり、学校《がっこう》で気分《きぶん》がわるくなったり、先生《せんせい》に見《み》せびらかし屋《や》さんでやっかいな子《こ》だといわれたり…。小学校《しょうがっこう》三年生《ねんせい》の人生《じんせい》もそんなに楽《らく》ではありません！

●厚生労働省社会保障審議会推薦児童福祉文化財図書

ラモーナとおかあさん

●「だれも、あたしのこと、すきじゃないんだ」ラモーナのことを、だれもわかってくれないくやしさ、腹立《はらだ》たしさ。おかあさんに、「あなたなしでは、とてもやっていけないわ」といってほしいと、心《こころ》からおかあさんを求《もと》める気持《きも》ち。感受性鋭《かんじゅせいするど》い女《おんな》の子《こ》ラモーナの、なやみはつづく……。

ラモーナとおとうさん

●ラモーナのすきな日《ひ》は、クリスマスと、自分《じぶん》の誕生日《たんじょうび》と、おとうさんの給料日《きゅうりょうび》です。給料日《きゅうりょうび》には、何《なに》かいいことがあるからです。ラモーナは、クリスマスのリストを作《つく》りながら、たのしい気分《きぶん》でおとうさんの帰《かえ》りを待《ま》っていました。ところが、帰《かえ》ってきたおとうさんは……。

好評発売中《こうひょうはつばいちゅう》

おもしろさ、とびっきり――

アメリカで半世紀以上《はんせいきいじょう》にわたり、

愛《あい》すべき女《おんな》の子《こ》

ベバリイ・クリアリー作　松岡享子訳
アラン・ティーグリーン絵

ラモーナ、明日《あす》へ

●四年生《ねんせい》のスタートはつづり《スペリング》の勉強《べんきょう》に音《ね》をあげそう……。そんななか、求《もと》めていた親友《しんゆう》との出会《であ》い、そしてちょっぴり初恋《はつこい》も……。
はじめてのダンスパーティーにむちゅうなおねえさんのビーザスや、ラモーナをお手本《てほん》に、何《なん》でもまねをしだした、あかちゃんの妹《いもうと》ロバータ。

「やっかいな子《こ》」といわれてきた、われらの愛《あい》するラモーナ！　いよいよ、シリーズ最終章《さいしゅうしょう》へ――

ラモーナとあたらしい家族《かぞく》

●親友《しんゆう》のハーウィのホバートおじさんが大金持《おおがねも》ちになって（？）、帰《かえ》ってきた。ホバートおじさんとラモーナのビーおばさんは、高校《こうこう》の同級生《どうきゅうせい》。
おとうさんは、先生《せんせい》の口《くち》がなかなか決《き》まらない。おかあさんは、このごろ、ようすがおかしい。

ラモーナのなやみはつきることなく……。でも、思《おも》いがけず、すばらしい出来事《できごと》が待《ま》っていた！

NDC933 Cleary, Beverly

ラモーナとあたらしい家族

ベバリイ・クリアリー作　松岡享子訳

Gakken

268p　図　19 ㎝

原題：RAMONA FOREVER

ラモーナとあたらしい家族《かぞく》

2002年12月４日　初版発行
2023年４月24日　第２刷発行

作者／ベバリイ・クリアリー
画家／アラン・ティーグリーン
訳者／松岡享子（まつおか　きょうこ）
表紙デザイン／山口はるみ
発行人／土屋　徹
編集人／代田雪絵
DTP／株式会社明昌堂
発行所／株式会社Gakken
　　　〒141-8416 東京都品川区西五反田 2-11-8
印刷所／信毎書籍印刷株式会社

この本に関する各種お問い合わせ先
・本の内容については、下記サイトのお問い合わせフォームよりお願いします。
https://www.corp-gakken.co.jp/contact/
・在庫については　Tel 03-6431-1197（販売部）
・不良品（落丁、乱丁）については　Tel 0570-000577
学研業務センター 〒354-0045 埼玉県入間郡三芳町上富 279-1
・上記以外のお問い合わせは　Tel 0570-056-710（学研グループ総合案内）

© B.Cleary & K.Matsuoka 2002　NDC933　268P　Printed in Japan
本書の無断転載、複製、複写（コピー）、翻訳を禁じます。
本書を代行業者等の第三者に依頼してスキャンやデジタル化することは、たとえ個人や家庭内の利用であっても、著作権法上、認められておりません。

学研グループの書籍・雑誌についての新刊情報・詳細情報は、下記をご覧ください。
学研出版サイト　https://hon.gakken.jp/